太初傳說
3

薄暮雷電

黃秋芳 著

【推薦序】

來自眾神獸的成長處方箋——讀黃秋芳《太初傳說》三部曲

黃雅淳 國立臺東大學兒童文學研究所教授

「重要的不是故事源於何處，而是你將其引向何方。」

——尚盧．高達，法國導演

親愛的讀者：

在你開始翻讀本書之前，我想邀請你先花點時間思考：我們此時正在何處？你我是否同時都身處在宇宙中一顆正在轉動的行星上？而這顆繞著恆星旋轉的小小行星，僅是銀河系幾千億顆星球中的一顆，宇宙中仍有無數的星系，而那些星系也都只是我們仰望夜空時所見，忽明忽滅的點點星光。

當你以這樣的思維再次望向夜空，你或許能想像自己穿越時空，回到兩千多年前的戰國時期，站在屈原的身邊，和他一起仰望穹蒼，發出〈天問〉：「遂古之初，誰傳道之？上下未形，何由考之？冥昭瞢(ㄇㄥˊ)闇(ㄢˋ)，誰能極之？」你和屈原一樣困惑著：在遙遠的上古、遠在這個星球誕生之時，是誰創生了這一切？在天地尚未成形之前，世間萬物是從哪裡得以產生？如果最初的世界是明暗不分、渾沌一片，又有誰能探究根本原因？古人於是在漫長的時空中，用各種神話故事，試著描述與詮釋他們對宇宙和生命的探索與理解。

時光來到二〇二三年的美國太空總署，當代物理學大師加來道雄站在你身邊，你們一起透過NASA之眼「韋伯望遠鏡」估計宇宙星系的數量，他告訴你：「在銀河系中約有一千億個恆星，和人類腦中神經元的數量差不多。你得穿越二十四兆公里才能抵達距離太陽系最近的恆星，在那裡尋找和我們腦袋一樣複雜的事物。」❶你驚嘆於這奇妙的巧合，也再次感到迷惑：宇宙從哪裡來？宇宙的意義究竟為何？當你照著鏡子，你想知道眼睛的後面隱藏著什麼？人類有靈魂嗎？人死後去哪裡？在浩瀚無窮的宇宙中，人類的位置在哪裡？

於是，你意識到，即使處在AI高度發展的時代，人類仍然需要神話。我們需要有當代文化語境下的再創神話，訴說我們對宇宙和生命的永恆扣問，設法在短暫渺小的個體生命中，找到生存的意義與位置。

讓我們回到黃秋芳的新編神話——《太初傳說》三部曲。

作者在此系列中，延續了前作《崑崙傳說》三部曲的時空架構，取材自中國古代神祕圖笈《山海經》，以厚實的才學與創作技藝，剪草為馬、撒豆成兵，建構出跨越時空、體系龐大的奇思幻境；有別於其他改寫者對原典單篇的童話化書寫，而是在《山海經》既有的地理空間、奇人異獸中，架構出豐富的人物譜系，使其產生有意義的連結，透過情節的鋪陳、人物的衝突矛盾，突顯作者對青少年成長議題的真切關懷。

《太初傳說》三部曲的書名皆取自屈原的〈天問〉，隱然點出神話對民族知識及文化價值的傳承與創造。除了情節與標題設置的巧妙，作者在細節的構思上，亦多有令人稱奇讚嘆的設計，顯示她沉潛多思、想像豐富的特質，表現出超卓的學識和藝術才華。作者不僅在自序中為每冊主題的內涵深入解析，每冊附錄也皆附有書中角色在《山海經》裡的原文和詞語解釋，以及由作者親自撰寫的「傳說解碼」做為指引。這些文采斐然的精心設計，雖似感性敘說創作的發想與心境，但整體構思具有鮮明的經典傳承使命，及為兒少創作的開拓精神，讓這套書經由想像之途，呈顯出經典改寫與轉化的文化厚度。

眾所周知，兒童文學是一個歷史概念，雖在華人的文學世界發展以來，才不過一百多年的歷史，但是華文兒童文學的發生，卻有著深厚的文化淵源與傳統。廣義來說，凡有兒童的地方，便有兒童文學的存在，這些在民族文化發展中，以口傳的形式講述給兒童聽的歌謠、神話、傳說與民間故事等，皆具有現代兒童文學的文體特質。

所以，即使古代沒有「童話」一詞，但正如民初學者周作人在

〈古童話釋義〉所言：「中國雖古無童話之名，然實固有成文之童話。」換言之，童話早已存在於先民的生活紀錄中，於是，前人視為「古今語怪之祖」的《山海經》，因其中稀奇怪誕的幻想元素與自由聯想的原始思維，被視為「中國童話的搖籃」，也是當代幻想文學的靈感寶泉。

但《山海經》原是兼具地理與博物知識的百科全書式圖誌，採用條列式文字且多碎句殘篇，書中的神怪奇人、靈禽異獸，大多形象扁平而情節零散。因此，為當代兒少讀者改寫《山海經》的作家，有如「一僕事二主」，既要澈底理解原典，為原典中眾多的角色建立譜系，使其各有歸屬；又需考慮當代的讀者，運用懸疑、衝突、神祕與情感等元素，引起閱讀興趣而有所共鳴，實極考驗改寫者的學養與功力。

「詩人對宇宙人生，須入乎其內，又須出乎其外。入乎其內，故能寫之；出乎其外，故能觀之。入乎其內，故有生氣；出乎其外，故有高致。」

清末著名學者王國維在《人間詞話》中的這段評說，正可驗證《太初傳說》三部曲的敘事特徵。我猜想秋芳自蘊釀《崑崙傳說》三部曲之初，必然已廣泛蒐羅各種版本的《山海經》注釋本和插圖本，長期沉浸於其間，自然使她在構思時能「**入乎其內**」，心馳神往，因此她筆下的阿狡、阿猙、阿狕(ㄧㄠˇ)、青鳥、畢方、吉羊(ㄒㄧㄤˊ)、如意等少年角色，有如注入靈氣般鮮活起來，各自體驗分離、憂思與恐懼，各自面對「轉大人」的辛苦試煉。

而置身於現代，秋芳做為兒童文學的工作者，懷著童心，以今觀古，故能「**出乎其外**」，以多年語文教學的慧眼觀識原典，透過幻想文學的敘事技藝，將原典中寥寥數語的條目記載加以開掘推演，轉化為數萬字的奇幻小說。

更重要的是，她在《山海經》既有的角色或耳熟能詳的故事素材之外，寄寓了不朽的主題與深刻的思維：作品述說了童年的純真與自由、成長的困惑與徬徨，以及世代交替的衝突與必要性，也藉由角色的經歷探索家庭的價值與人性的複雜——如此，因能「入乎其內，故有生氣；出乎其外，故有高致。」使潛藏於文本之下的文化關懷，獲得了新的生命力。

《太初傳說》三部曲以對後世影響深遠的神女「西王母」為核心，敘寫在她從太初少女「阿畝」蛻變成西王母，最後成熟為王母娘娘的漫長時空中，圍繞在她身邊成長的兒少角色——角兒、睜兒、窈兒（即《山海經》中的狡、猙、狕，三隻同具豹紋的神獸，呼應西王母的原始形象「豹尾虎齒而善嘯」），與青鳥、小葉等各自的青春故事。

阿畝在書中有如大母神，她守護孩子們，給予他們無保留的愛，但也讓他們各自面對考驗和挑戰。所有的孩子在成長過程中，都必須經歷精神上與形體上和母親分離的痛苦與恐懼，這樣的心理轉化可能變形為各種叛逆、挫折，但孩子便是一次次以這樣的方式試圖自立。

瑞士榮格心理學派從「個體化」談論青少年成長，指出這是一段既要不斷面對分離、又需一再整合自我，充滿痛苦與不確定性的過程──「從孩子蛻變為成人，必得經過充滿挫折的門檻，如由死亡到復活，成為全新的人。而陪伴於旁的家長，也同時走在另一條時而平行、時而交錯的個體化之路，其痛苦煎熬往往亦不下於兒女主角。」❷

榮格「個體化」的核心精神，是指每個人在此生的各種境遇中如何轉化一切對立，最終找回完整而獨特的自己；在我看來，《太初傳說》裡的成人角色，如阿畝、開明、陸吾、烏桕(ㄐㄧㄡˋ)婆婆等，又或是作者秋芳及所有真切關懷兒少成長的父母、師長們，也都走在自己個體化的終生旅程中。這些來到我們身邊的孩子們有如照妖鏡，不斷挑戰、折射與考驗著我們內在的陰影，唯有大人也勇於面對自己的軟弱和挫折，抱著願心持續成長，才能跨越世代衝突的痛，也才有足夠的能量，守護孩子的成長之路。

由於《太初傳說》三部曲中蘊含大量富有原創性、令人目不交睫的幻境時空與神人奇獸、珍禽異草名稱，且多條故事線交錯開展、敘事結構多元，並多保留《山海經》中的罕用辭彙，又與《崑崙傳說》

三部曲中的角色與情節遙相互應，對兒少讀者可能產生陌生化的閱讀魅力，但同時也是智力挑戰。然而，幻想文學敘事邏輯體現的，不是文中情節的真實性與複雜性，而是讀者心理的真實和內在渴望的滿足，正如知名奇幻文學作家彭懿所說：「好的幻想小說都是成長小說，如一面鏡子，能照出孩子的自我。它是孩子們演練內心衝突的一個舞臺，它是一次孩子們的自我發現之旅。」❸

成長是人生不可規避、無法遁逃的歷程。相信各位讀者置身於《太初傳說》浩瀚深邃的上古世界中，在享受馳騁幻想的樂趣外，也能將故事中每一個角色的經歷，化為自我的一部分，以此擴建出現實的理性秩序，並整合成新的世界觀。最終看見隱藏在故事中「貫穿古今」的智慧，茲以面對青春時光中，激昂快意、浪漫熱血、衝動反抗下的焦慮與迷惘。

誠摯邀請喜愛奇幻文學、有勇氣探索自我的少年們，細細品味這系列透過秋芳老師轉譯、來自上古眾神獸的成長處方箋。

---

❶《2050 科幻大成真》（二版），加來道雄著，鄧子衿譯，時報出版，二〇一八年十二月。

❷ 洪素珍，〈辛苦是長大成人的必然之路〉，《轉大人的辛苦：陪伴孩子走過成長的試煉》推薦序，心靈工坊出版，二〇一六年七月。

❸《我的紙上奇幻之旅》，彭懿著，明天出版社出版，二〇一六年六月。

【作者序】

停雲時雨，希望的種子會發芽

黃秋芳

從小到大，我都很怕鬼，卻不知道為什麼，特別喜歡蒐集各種妖魅魂靈的故事。一路讀著《搜神記》、《拾遺記》、《酉陽雜俎》、《聊齋志異》……這些筆記故事，後來又隨著小說和影視對鬼怪神靈的詮釋和改寫，許多碎句殘篇，伴隨著不斷顛覆舊有成見的現代觀點，讓每個人在自己的想像裡，形成各種理解和判斷。

從來沒想過，自己也可以建構出《山海經》小宇宙。這一路奇幻顛簸、卻又迷離絢爛的文學旅程，起於二〇一九年三月三日，字畝總編輯李眉問我：「跟孩子們講過《山海經》裡的故事嗎？可以評估看看，選出《山海經》裡的神話和妖怪故事來改寫？帶孩子讀經典。」

那真的是一顆會發亮的「希望種子」啊！

經過整整一年的爬梳、整理、編撰和刪修，盤旋在西山特區，偶爾繞到天遙地遠的南山、東山、北山、大荒和海外，看一棵又一棵異想小樹，從意想不到的土壤間冒出來。最後，我裁選部落的聚合、神能的差異，以及集團的凝聚、衝突和重整，藉《崑崙傳說》來傳遞**「政治」是一切選擇的起點**；而後又經過一千多個日子，建構出不斷以相同軌跡微修後，再向前滾去的《太初傳說》，表現**「生活」的艱難和溫暖**；希望在不久的將來，再完成《天山傳說》，凸顯出由帝江推動的**「藝術」追尋**，從情感的傳達、領略與共鳴，滲透到人生觀和價值觀，對所有的生命烙印，形成整合、豐饒和淨化。

《太初傳說》三部曲從《遂古之初》出發，「遂」字的語感像時空「隧道」，通往遙遠追尋像黑洞般神祕的時空召喚，愈走愈遠，直到聚焦在王母掌管的玉山；然後，時間軸接上《崑崙傳說》三部曲，特寫崑崙山的天上、人間身世輪轉；接著再繞回《會朝爭盟》，世代交替，新生代在摧毀和重建中，摸索出嶄新的秩序和方向；最終在《薄暮雷電》的大結局將看見，人會衰老、天地會崩頹，我們浮沉在無限謎題，無止盡的探尋和追索，昏昧難辨，是天黑後的徬徨和寧靜，生命黃昏的惆悵和看淡，也是四時循環，個體的生老病死和世界的成住壞空，全都是必然的過程。

經歷**從動盪中尋求「生活」安定**的《遂古之初》，才有機會透過《會朝爭盟》展露**「志業」的分歧和堅守**，最後又在《薄暮雷電》，藉**「情感」的圓滿和落空**，凸顯出愛的脆弱和強大。阿畝和阿柏生死不易的知交、阿狡對王母娘娘的孺慕和尊敬、七色仙靈付出一切的奮鬥，都是因為愛；天神長乘、蚩尤、西王母，源自上古不老不朽的情誼；橐（ㄊㄨㄛˊ）𩇯（ㄈㄟˊ）鳥小葉生母的犧牲和養母的護佑，而後小葉又刺指滴血，為小⿰魚骨（ㄏㄨㄚˊ）魚鍛鑄出烏柏婆婆的祝福。

從《崑崙傳說》到《太初傳說》，看著開明、羊過和雙胞胎吉羊、如意一路成長，誰能想到，最先展開愛情冒險的，不是天真的開明、深情的羊過，或溫柔體貼的如意，竟然是傲慢又最多內心戲的吉羊？在最不可能「放下自己」的性格懸崖邊，他彎下身段，低近塵埃，融進陌生的土壤裡，努力靠近另一個人，終於學會在相知中相互支撐。

究竟，愛情是什麼？沒談過戀愛的如意猜想：「我們會遇到一個很特別的人，什麼話都想和他說、什麼事都想和他一起做，一和他分開就不安、難過，和他在一起就快樂，總想花更多的時間在一起。更重要的是，我們會拼卻一切想要變好，努力做一個『更好的人』。」是不是很有道理？看著英招和百花仙子的愛和錯過、羊過和應龍歷劫輾轉的追尋和失落、靈山十巫的承諾與付出、巫羅的生死無悔、綠怡的癡心相隨，和小石子無著無由的苦戀……我們自己，又將如何界定「愛情」呢？

《薄暮雷電》起筆這一年，俄羅斯入侵烏克蘭。從「烏桕」成長出來的青春，經歷「紅楓」的失落和痛楚，歲華老去，天荒地老，不過最後還是有「綠芽」冒出來，不怯戰、也不能避戰的決心和勇氣，成為新時代的一則嶄新傳奇。跟著故事中這些大大小小的生靈，我們經歷各種磨難和歡喜、悲痛和珍惜，都是為了找一條僅屬於自己的路，只有確認愛在哪裡，心才會安定在那裡。

安心回家，成為最後的歸處。我們在脆弱中掙扎、在微小中努力，為著愈來愈多的可能，不斷在掙扎和努力中慢慢往前走，於是更能體會生命很微小、也很脆弱，但還是值得奮鬥。

就在這不斷的努力中，我們愈來愈覺得自己不再像以前那麼微小而脆弱。無論是微小而勇敢的小橐𨾏鳥、靈山的一顆小石頭、自願犧牲的烏桕婆婆，還是無比強大卻只想簡單生活的王母娘娘，甚至是最年輕、最具有天分的神巫，都用幾千萬年的寂寞和堅持，守護一個勢必會殞落的希望，以及所有無怨無尤、仍然願意據守一輩子的承諾。

陶淵明在願望不得實現時，看到「靄靄停雲，濛濛時雨」的昏暗，最後糾纏在他心裡的，還是濃濃的深情。生命就是這樣，誰都避不開薄暮雷電，但是，黑夜總會迎向黎明，天空總會放晴。於是，為了讓更多生命相互靠近，如意打包行囊，準備到天山找帝江鑽研「留聲雲」，改造他的「傳聲如意鏡」，成為《天山傳說》三部曲嶄新的追尋。

這世間總是有這麼多的信心和勇氣，讓我們相信，無論在崑崙山、玉山、天山，在這裡或是那裡，希望的種子，一定會發芽……

目錄

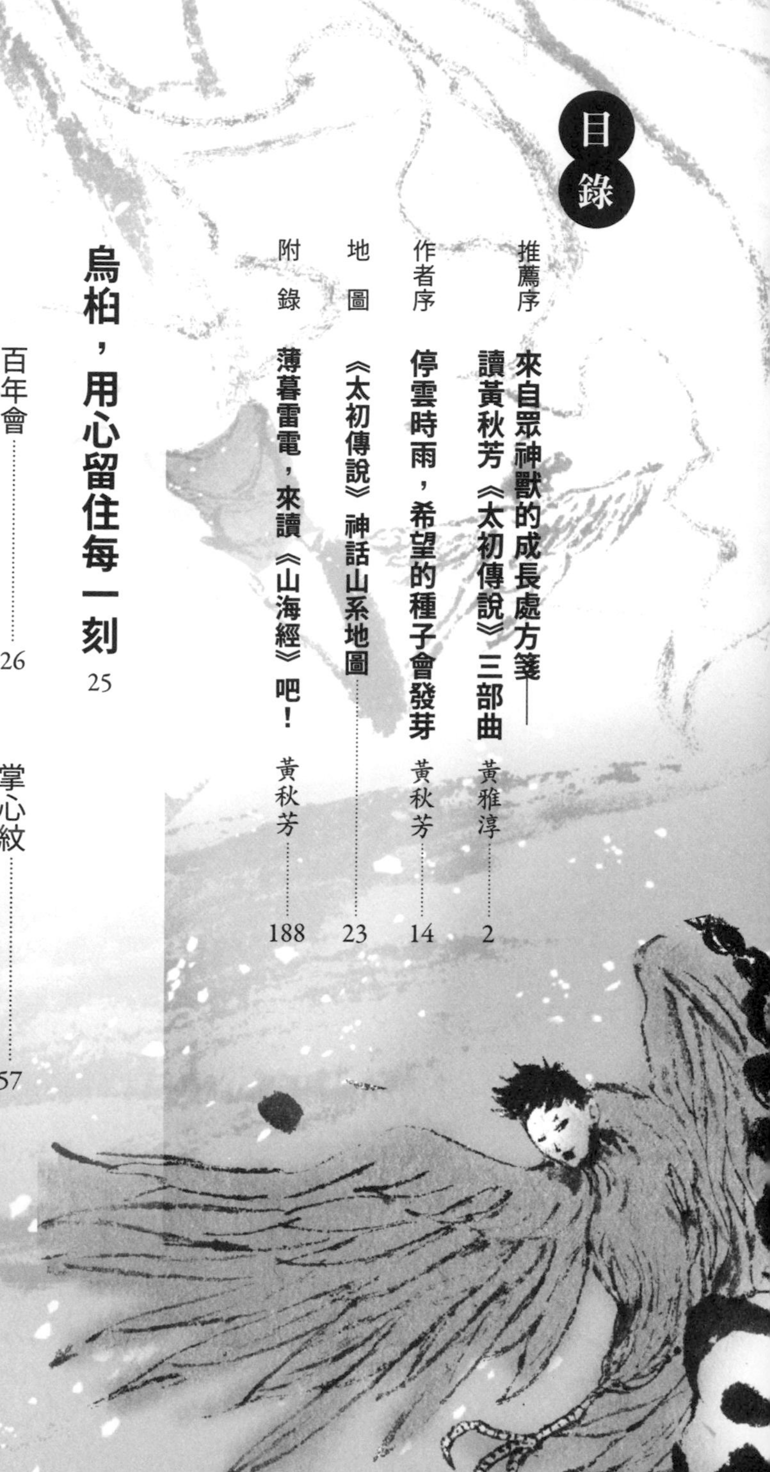

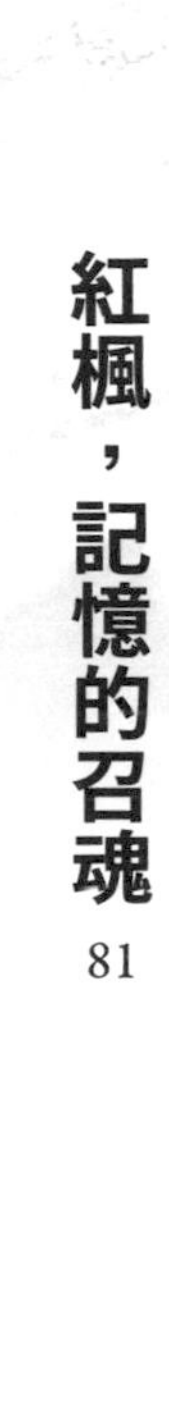

紅楓，記憶的召魂 81

綠芽，苦澀又甜蜜的成長 135

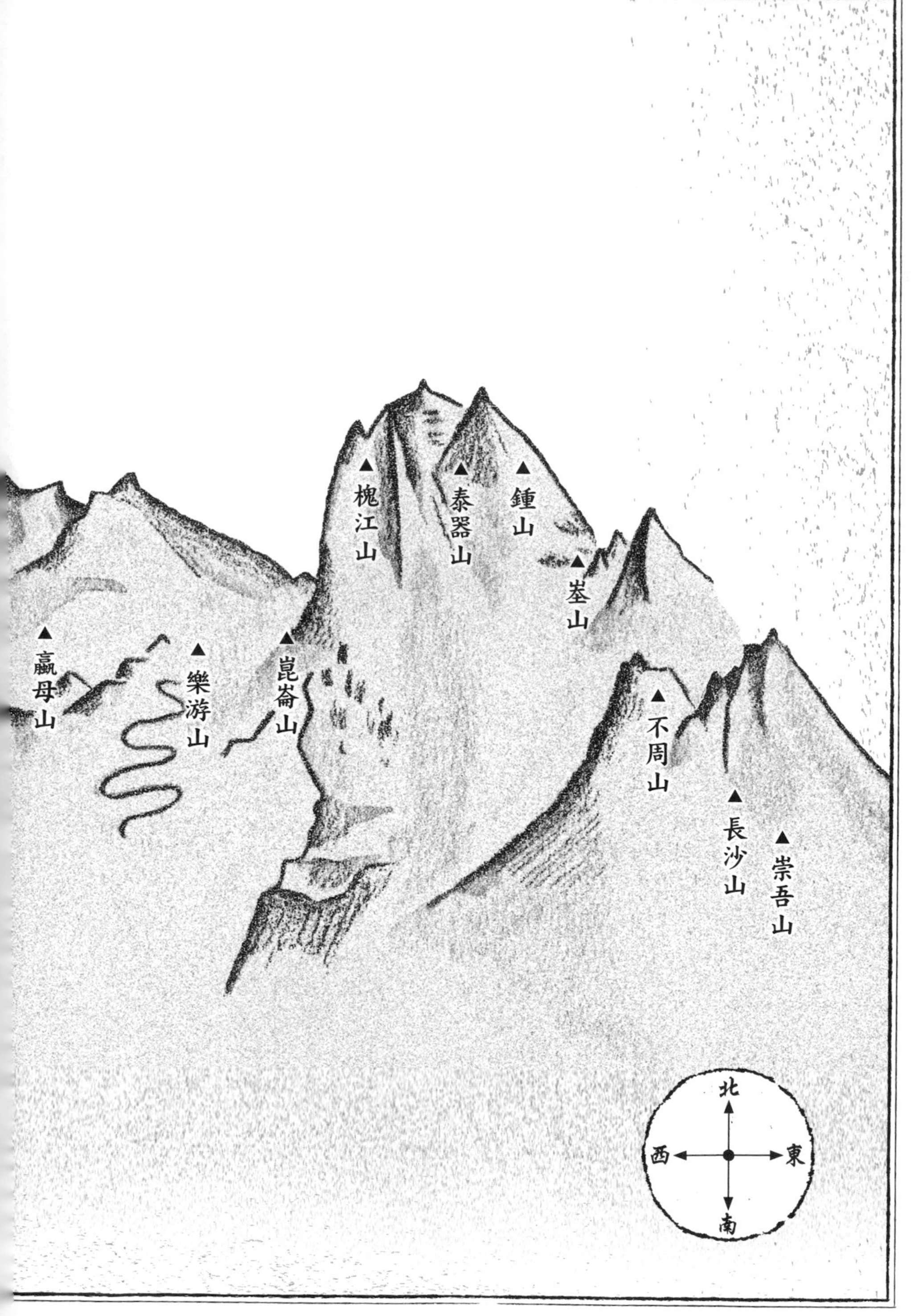

槐江山
泰器山
鍾山
崟山
嬴母山
樂游山
崑崙山
不周山
長沙山
崇吾山
北
西
東
南

《太初傳說》神話山系地圖

——取自《山海經・西山三經》

烏桕，用心留住每一刻

1 百年會

天地幽杳，遠從幽遠洪荒聚合凝形，「盤古」創世，「燭龍」接手，世界慢慢流動。天地初醒，氣流驟變，日月星辰失序迷航，湖泊翻騰，夾纏著雷電大火，輾轉歷劫，魂靈神識生滅擴張，神、靈、仙、幻、精、怪、魂、妖、異、獸……甚至是魑魅魍魎，元神合攏，識神相映，靈神生成翻湧。

大家混雜在一起，交流、嬉戲，一言不合就打一架，生活自由自在，沒有任何限制。慢慢的，隨著愈來愈多的艱難、災厄，以及各種各樣想得到或想不到的挑戰迫近身前，不同的選擇，促成一個又一個小集團慢慢結盟。水火對決，不周山坍天，暴雨成洪、怒濤洶湧，風雲四地肆虐，「女媧」補天，上神集團經歷一次又一次團夥和拆解、一場又一場生死爭戰和休養修補，最後又陷入「天荒」，靈視混亂，魂魄相互吞噬，無止盡糾纏在孤絕、病苦、磨難和死亡間，千萬年又千萬年，成、住、壞、空，宛如迴圈。

時間在漫長虛空中，慢慢形成變化，時而摺曲，時而重疊，時而悠長靜止，時而倉促奔流。天崩地裂的生靈痛楚，伴隨著糾結的邪祟、怨念，形成疫癘。眼看著瘟疫連年，遍地生靈塗炭哀絕，促成四地湧現的神、靈、仙、幻、精、魂、妖、獸……決心集體合作，一起補強醫療、防護，同心協力控穩疫情。天地萬界相互依存了近百年後，大家終於理解，並肩守護，而且在無可撼動中節制，才是唯一的生路。

不同的神靈各懷奇能，無論神格高低、靈力強弱，誰都不可小覷。大家在漫長的歲月裡，不斷面臨生死存亡的挑戰和思考，自願奉獻出獨特的靈力，扣進無限宇宙的混沌異變，藉著日月星辰的牽制循環，以及天地山川的靈能流轉，形成神祕的獨立意志，這就是「天地法則」：以誰都無法抗拒的「天譴」，負責賞善懲惡，節制神能，規範秩序；以反覆生成的「天劫」，做為天地生機的刺激和調整，長期護持無限時空的安定與平衡。

這樣艱難的從遠古洪荒走來，總算，大家發現，安全的吃飯、散步、聊天，做自己喜歡做的事，等時間差不多了，就鑽進暖暖的窩穴裡睡覺……這些平凡的日子，得來真不容易啊！

「陸吾」留在崑崙山，為天帝打點出穩固的太平理想，讓生靈自在安居；擁有不同立場的巫醫團得到集體尊重，遊走於各種勢力保持中立；「白澤」的孤兒莊園，藉由崇高的道德理想和撲朔迷離的智能幻術，活出獨特的風景。

深受眾生靈尊敬的王母娘娘「阿畝」，常常提醒大家，走過災難，更要懂得珍惜簡單、安定的生活。經歷漫長時空的連年征戰，讓她深深體會，只有真正強大的戰爭實力，才能自保、助人，守護真正的和平。天地生靈看著她，收斂起太古神能，褪下虎齒和豹皮，修煉出活起來最輕鬆、沒有負擔的人形，沒事就半瞇著眼、懶洋洋的趴臥在豐饒的土地上，吹吹風，晒晒太陽，和她偶遇的各級生靈，都以為她的本質不過就是個愛散步、好相處的普通女孩。其實啊，她經歷太多天劫、看過太多離別，本質霜厲嚴謹，除了隨時防阻著天災、疫病，還要在各方勢力間小心平衡，負責執掌刑罰、維持秩序。

為了保持警覺，她讓七色仙靈駐守在玉山，巡迴警戒，七色仙谷各具長才，大家都在反覆強化「無懼戰亂，努力活下來」的各種研習。從小跟著西王母四處扶難救急的牛角豹紋犬「阿狡」，每隔一百年就會因應需要，召集不同層級的神靈，設下各種競技考題，籌辦「百年會」，促成七色仙靈不斷晉級。有時找「南極仙翁」考「靈獸」或「樹精」養護；有時找白澤做「幻術」檢核；最厲害的是，當年完成「移植白䓘(ㄐㄧㄡˋ)樹」的集體任務，是七色仙靈對考題的升級應變；最好玩的是，有一年阿狡找來了天山藝術仙校的負責人「帝江」，說好要考「融合攻擊武技的才藝表演」，大家卻失控的玩了起來！好幾朵長了靈識的頑皮留聲雲，自行側錄了各種仙靈怪腔怪調的「魔音攻擊」，悄悄溜出去四地播放，不但沒有出現想像中的戰鬥效果，還讓王母的三隻青鳥訕笑了幾十年。

隨著七色仙靈的成長、成熟，早期面臨「百年會」時的戰戰兢兢兢，慢慢被快樂的記憶覆蓋，大家開始期待「應試」，總盼在阿狡的考較中找到驚喜。也許是這幾千、幾萬年的太平歲月太漫長了，還有機會考試，讓她們像重回青春，為生活添生刻痕，日子裡就能妝點出更多亮色。通過考驗的仙靈們，開開心心籌辦盛大的「七色宴」，熱情接待從崑崙山「瑤池聖境」回到玉山的王母娘娘，吱吱喳喳，玩鬧得沒完沒了，同時也為七色仙谷累積了一百年的巧思和設計，融進更多新的可能。

為了展現成果，宴會常常延續好幾個月，王母娘娘也竭盡所能，為大家補足技巧、提升靈能，協助大家不斷進步。有時候，難免也得淘汰一些跟不上的成員，接待宴就變成了最後一次餞別。當有仙靈選擇離開玉山，王母娘娘就會在離別前分享許多動人的故事，鼓勵大家到各地去走走、看看，提醒每一個仙靈，生活有很多種可能，選擇任何一條路，都不一定要走到底，彎彎繞繞，體會不一樣的生命滋味，說不定更有趣！當然，大部分的仙靈都不想離開玉山，只是在七色仙谷外，另外找個喜歡的地方定居；不同的生活空間，就是一種生命樣態的嶄新嘗試，大家串串門子，看看生活的不同面向，更能體現豐富生命。夥伴們並肩幾百、幾千年了，從小到大，累積了這麼深的感情，無論身在哪裡，永遠都是「家人」。

「百年會」最特別的是，一般仙靈也可以透過報考增補甄選。大部分的考生，應試兩、三次沒考上，浪費個三百年也就算了；很少會像「小葉」那樣，報考六次了，即使不斷失敗，仍一逕認定、絕不轉彎，從沒打算放棄。

每次百年會考前，仙靈們總喜歡回顧小葉第一次出現的樣子，讓她們印象好深刻：她收攏著長長的羽翼，初看像貓頭鷹，撥開散飛的亂髮後，才發現她有一張很老實的「人臉」；飛翔時看不出來，落下停定，才知道她只有一隻腳；胸口羽翼上，綴了幾片心形的烏桕(ㄐㄧㄡˋ)葉子，葉尖貼近羽色，染了些綠光。她們沒見過長得這麼特別的生靈，忍不住多看幾眼，希望小葉留下來，可以聽聽她的身世故事。誰也沒想到，她一次又一次應考，一次又一次失敗，再一次又一次捲土重來，搞得大家都好焦慮，考前的打賭變成祝福，總擔心著，到底她能不能考進來？

2 七重葉

回想小葉第一次應考，阿狡設計的關卡，其實不難。住在深林，誰都難免陷入孤絕垂危，「毒」和「藥」是基本功，可以自救，也方便救人。那年的考較題目特別簡單，就是「下毒、解毒、施藥」的基礎知識和技巧；沒想到，單純的小葉完全不懂「毒」和「藥」，傻傻的愣在原地，但又不放棄，堅持要「想一想」。這一想，不吃，不喝，不睡，持續到「百年會」都結束了，也沒想出來，只在聽到考試結束了，心情一放鬆，竟昏了過去，還是靠執掌健康的靛衣仙靈，好心帶她回靛衣谷休養，用心調理了好幾個月才復原。

一百年後，她們看到小葉帶了一整袋各色各樣的山產草葉，適合運用在各種傷、迷、瘴、魅，顯然下足了一百年的功夫。她們有點憂慮，看著這傻孩子全力以赴的準備著一百年前的考題，忍不住搖頭，誰也不忍心戳破，考題怎麼可能會重複呢？這一次，考較的是極端四季的「天候適應」，從春甦冰融開始，還沒等到雪凍霜刀，溫度才上升到初夏新熱，小葉就已經睡著了，這一睡，當然也睡過了考期。後來，仙靈們接到青鳥的調查報告才知道，小葉是來自羭次山的一種特殊鳥兒，叫做「橐𩇯」，入夏後習慣睡個三、四個月，寒冬才是她最活躍的時節。

阿狡覺得小葉很努力，看她在高溫中昏睡，無法應試，心裡有點抱歉，一直想好好彌補。第三次考較他以「速度」為題，小葉的垂天羽翼，剛好可以發揮飛翔強項；誰知道，小葉沒有方向感，稍做迷

障，她就迷航了，成為唯一找不到終點的考生。

阿狡再接再厲，看著她那張人臉，決意為她「作點小弊」。第四次，他以四組為單位，考較幻形成「人」的能力，比如用「兒童」、「成人」、「老人」、「成仙」，來表現「春」、「夏」、「秋」、「冬」；以「戀人」、「將軍」、「病人」和「鞦韆上的孩子」，凸顯「喜」、「怒」、「哀」、「樂」。沒想到七色仙靈發現，小葉只是長了張人臉，完全不懂得幻形，當她又打算好好「想一想」時，紫衣仙靈們當機立斷，執行溫言軟語的「綁架」任務，很快把她勸離考場，千萬不要再連著幾天幾夜犯傻。

這下子，阿狡的「好勝心」被激起了！他本來就玩心特別重、又不服輸，要不是為了阿畝，他才懶得當這個囉哩囉嗦的主考官，每隔一百年，還得到處拜託專業仙靈幫忙。這次不一樣，小葉的第五次考較，他針對只有一隻腳的她，在「奇門遁甲」競試中，刻意把「生門」安排在占地極小的縫隙，方便她單腳擱入。這算是特別為她量身打造的「作弊路線」了吧？沒想到，小葉單腳走不好，習慣飛翔，竟直接飛了出去，當然撞得頭破血流！當她重新又回到靛衣谷接受照顧時，阿狡已然成為大家說笑的熱門話題，連王母娘娘在參加「七色宴」時，都忍不住噙著笑意說：「沒關係，還有一百年，阿狡啊，還可以慢慢想，究竟該如何為她作弊呢？」

滿屋子的七色仙靈轟笑，阿狡漲紅了臉，愛熱鬧的「大鵹」、「小鵹」都笑翻了，就是「青鳥」看了特別捨不得。她悄悄傳訊息回三危山，讓「儌佪」替她收集資訊，總算讓阿狡知道，就算小葉什麼都不做，橐𩇯鳥兒天生就不怕雷擊，連脫落的羽毛都有各界生靈急著撿回去避雷。阿狡喜不能抑，立刻在第六次考較時安排「天劫」，這

是各級生靈最期待、也最害怕的考驗：先是「雷劫」震醒一切，藉以繁衍生機；而後「火劫」摧枯拉朽，浴火重生；最後是「風劫」崩解肉骨，才得以參天地造化。預知考題後，紅衣仙靈們都在嘆氣：「阿狡這傻小子，天生神能再強，愣頭愣腦的也沒用啊？看這小葉，鐵定過不了火劫，連我們想要在風劫時幫個小忙，可能都輪不到呢。」

果然，小葉輕鬆度過雷劫後，很快就在火劫中燒了起來，幸好藍衣仙靈提早做了準備，迅速搶救出她這條小命。阿狡差點氣昏，終於決定放棄：「不管啦！下個一百年，我要回到自由自在的自己，不想幫她作弊了啦！」

想不到，一百年後，大家沒等到小葉的應考申請，下定決心「不管啦」的阿狡也忍不住東張西望。就在即將展開考試前，七色仙靈的歡呼聲響起：「來啦！」「來啦！」……

「我沒有報名。」小葉紅著眼，淚水盈盈，聲音藏著哽咽，再沒有過去六百年來的應考熱情，只淡淡問：「還可以應考嗎？應該不可以了吧？」

「想得美……」原想發發牢騷、做做為難樣子的阿狡，話沒說完就停下，愣愣看著小葉。他本來想讓她知道，跨進「百年會」這道門檻，可不是容易的事！可是，他發現小葉這次確實不想應考，只是貼附在她身上的七重烏桕葉子，帶著微微約束力，幾乎像「綁架」般，催迫她踏進考場。他認真端詳這些心形葉子，奇怪極了！每一片葉面都隱隱約約浮現著阿畝青春飛揚的形影，她的速度、她的奔騰飛躍、她仰望陽光的燦爛笑靨……

這是怎麼一回事啊？幾千年來，各級生靈只看過「王母娘娘」優雅美麗的樣子；再往前推個上萬年，應該記得的，也是「西王母」的強悍戰鬥。留存在這些七重葉裡的形象，卻是剛離開珠列島的「阿畝」，這樣熱情歡愉、青春燦爛！到底小葉和阿畝之間，藏著什麼樣的關係？

無論如何，得讓阿畝見她一面。阿狡想起，這一年的考題，是他以向「欽䲹」和「鼓」借來的一縷上古殘魂，重建的遠古戰場。他知道小葉在交錯著熾熱和冰冷的殘酷大地，很快就會睡著，怎麼可能禁得起無邊無涯的天地災變和妖獸廝殺？

他捏指刺出一滴血，化出幻影，代替自己坐在主考官的位子上，而後幻化成一縷微風，拂向小葉，準備護她周全。一跨進考場的「時空玄洞」，熱浪襲來，阿狡知道小葉適應不了高溫，剛準備化成風罩把她包覆起來，卻發現她身上的烏桕葉子融了一片後，她便好像根本察覺不到氣溫的改變，繼續往前。阿狡一凜，確信這七重葉非比尋常。果然，無論在這模擬幻形的遠古洪荒裡遇到什麼災難，只要小葉撐不過，就會剛好有一片烏桕葉子為她阻厄、續命；直到她離開考場，剩下的最後一片烏桕葉子，在風中飄啊盪的，好像跟著所有的七色仙靈歡囂喧鬧，旋出點輕盈的笑聲，替她開心。

阿狻這縷微風，不動聲色的拂過小葉身邊，輕悄悄帶走了這片葉子。

3 葉凝影

當七色仙靈在精心準備的「七色宴」上介紹新人時，才發現好不容易考了七百年、終於成為她們夥伴的小葉，並沒有參加。急著讓王母娘娘見見小葉的阿狡，因為小葉意外缺席，只好先讓她看看他手上的這片烏桕葉子。阿畝接過來，眸光一閃，微微發了會呆，很快又綻起微笑，如常陪著七色仙靈們吱吱喳喳、說笑玩鬧，直到宴會落幕，才在灑著月光的院子裡，聽阿狡報告小葉這七百年的應試經過。

她微抿著唇，眼神凝在遠方，彷彿看見很多阿狡看不到的人和事。阿狡沒說話，只是靜靜陪伴，月亮高懸，光澤映照四地。終於，阿畝攤開葉子，注入一絲靈力，一下子，葉子就翩翩飄飛在半空中，心形的葉片展演出閃著瑩光的畫面：年輕的阿畝在奔跑，跟在她身後、看來和她差不多年紀的小女孩不斷的勸：「別跑啦！你的身體剛復原，散散步，多好！你聽這風，迴旋著多少情意呢！」

「散步？那是老人家的活動，你才幾歲啊？」阿畝邊跑邊笑：「我都睡了一百年了，要是你，應該也悶壞啦！我現在啊，就是要跑、要跳！每一天、每一個瞬間，就是要好好品嘗『活著』的滋味。」

「你不知道吧？這就叫做『葉凝影』。」聽著葉片裡的對話，阿畝忽然出聲，沒有回頭，只盯著葉片，透過月光，彷彿看見了無限年光。她對近在身邊、一起回望往昔的阿狡說：「幾萬年了吧？想不到我還能看見那些閃亮的日子。」

阿狡聽著阿畝回顧，遠在他和「阿猙」、「阿狕(ㄧㄠˇ)」出生以前的上古征戰：據說，「窮奇」在童蒙時受過冤枉，對於所謂好人的「唯一標準」特別反感，立志要逆轉標準，在每個所到之處，全力「懲善揚惡」。他戰力極強，在廝殺現場，看到堅持自己有理的一方，就覺得心煩，索性咬掉他們的鼻子；聽到惹人嫌惡的作惡多端，反而很開心，還提供他捕殺的獵物表示支持；對於全身戰慄、不敢表示意見的生靈，就吃掉他們的頭，冷冷宣示：「不用腦子的頭，留著何用？」

後來，他在北荒結識威猛的「蜪（ㄊㄠˊ）犬」，他們很快成為好友，相約做了鄰居，一起宣揚「遠君子，近小人」的立論，暢遊天地，比賽著從「頭」開始吃人，到底誰比較厲害？而且因為互有輸贏，更覺得這才算是暢快生活！

附近林氏國的五彩靈虎「騶（ㄗㄡ）吾」，極度的厭惡這些惡行。他的形貌威猛，性情卻很溫馴，自知決戰時自己對抗不了窮奇和蜪犬，但也明白同在一個生活圈，誰也不可能置身度外，只能在一場又一場慘烈的激戰中，仔細物色合作夥伴。他發現阿畝這個靈敏強悍的豹女，很適合一起對抗窮奇，便主動找到她，配合她日行千里，在長期追捕中，意外發現玉山有一種呼應珠列島的靈力，特別適合設下陷阱，引出「幻靈簪」的神能。在漫長的等待中，他們終於找到機會搏殺蚼犬。

然而，窮奇太強大了。為了留出時間差，庇護騶吾逃回故鄉，阿畝在最後決戰時，沒有任何遮蔽，以決然的姿態擊殺窮奇，即使同歸於盡也不在乎。就在她重傷跌下、魂魄即將消散的最後一瞬，忽然，無數冰涼的葉片和軟枝，把她包裹起來。阿狡聽到這裡，血脈賁張，嚇出一身冷汗，急問：「後來呢？」

「沒有後來了。我就這樣昏睡過去，一睡，就是近百年。」阿畝笑了：「好幸運啊！我就是這樣才遇見『阿柏』。醒來以後，我發現自己睡在一棵巨大的烏柏樹幹裡，每一片心形葉子，都播映著看起來很好笑、其實特別溫暖的畫面。畫面裡全部都是我：我在睡覺、我在翻身、我在說夢話，還有各種各樣我無意識時，吃飯、擦澡、有人幫我做運動……那麼多我從來不曾想像過的寧靜畫面，幾乎變成重新活過來的童年。」

阿畝回想，阿柏大概是被那場殺蝻犬、截窮奇，拼卻性命也要庇護騶吾逃回去的廝殺嚇壞了，從此不斷勸她，放慢生活腳步，凝視當下，珍惜每一天的幸福。阿柏最喜歡仰望大樹，在微風吹來時，搖映著近百年間的「葉凝影」，無限歡喜的說：「阿畝啊，這就是你的康復日記啊！記得喔，活著並不容易，生命值得好好珍惜。」

阿狻卻聽出完全不一樣的感慨。年輕時，誰不是縱恣自在、自不量力的呢！尤其是在天地初開時，每一種奇靈異獸，遇到每一次不同的際遇，都會影響到最後的選擇和堅持。和長著翅膀、形似巨虎的窮奇相較起來，他覺得自己這隻平凡的豹紋犬好幸運！跟著阿畝，反而過起威風凜凜又備受尊敬的一生。

阿畝接收到他的得意，忍不住苦笑：「你真好啊！從一出生就知道玩，整天胡鬧個沒完沒了。我和阿柏，從小到大都不曾受到照顧，只能自生自滅，還以為孤單就是存活在這世界上唯一的樣貌呢！直到遇見彼此，才特別珍惜，這個世界上竟有這麼不同、卻又這麼相生相映的感情。」

那時候，她算是真正擁有了第一個朋友，一起接收著神聖莊嚴的天地靈氣，聚影、凝形，滋養萬物，又在無邊寬闊的土地上，自由旋舞出生命的渴望，各自做出了不同的選擇：阿柏只想在小小的土地上，守護當下幸福，安安靜靜的觀察、記憶，煉就「眼中靈」、「掌心紋」和「心間血」這三種上古玄術，用心留住每一刻；阿畝卻嚮往在無邊寬闊的未來，俯仰天地，接收上古神能的無限滋潤，熱情投入，付出全部的力量，因應任何需要，反覆嘗試，養成堅韌又不斷翻新的修煉，活得機警又強悍、自信又慵懶，渴望打造天地生靈的幸福平安。

圍殺蚼犬和窮奇時，阿柏幫不上忙，只能在阿畝拼卻一切摔跌下時，以「掌心紋」布下枝葉防護網，用整棵樹的魂靈守護她近百年；再透過「心間血」，過渡自己的生命靈力接魂續魄，為她原有的野豹巧勁，注入寧靜的樹靈，堅守本源，隨著四季枯榮不斷重生；還用深情、敏銳的「眼中靈」，記錄她的休養和復原，看著一天比一天更紅潤的臉顏，在滿樹的「葉凝影」間，表現出飽滿的生命力，便覺得好開心！

經過這些守護的日子，阿柏才慢慢懂得，總有一天，阿畝一定會離開。因為，遨遊天地，讓天地生靈都平安，才是她真正的願望啊！

4 心間血

阿狡看著懸在半天的「葉凝影」，隨著靈力流失，慢慢飄了下來，忍不住伸出掌，從半空中接過這片心形葉子，看向阿畝。她接了過來，輕輕握住，收進乾坤戒，隨著記憶浮現，聲音還流連在無限美好裡：「流光的走動，有一種很難解釋的神祕。我們都活過幾萬年了，誰也沒想到，那近百年的沉睡和守護，以及幾十年無憂無慮的陪伴，會在漫長的時空裡不斷放大，彷如無聲召喚，始終不忍離去。」

「為什麼你們沒再見過面呢？」阿狡忍不住問。阿畝停頓一下，暖暖的聲音裡，湧出難以抑制的感傷：「我不知道。為了穩住這幾萬年間的血腥動蕩，我帶著你們，和更多並肩合作的夥伴，日以繼夜的努力、奉獻、奮鬥，永不止息的轉換時空，繼續努力、奉獻、奮鬥。好不容易天地初安，我第一個浮出腦海的想法就是：回玉山吧！好想找到阿柏，找回無憂無慮的舊時光。這就是我所記得的，關於『家』的味道。」

「阿柏到哪裡去了？」阿狡知道，回玉山時，阿畝並沒有找到阿柏，忍不住在嘴邊小聲嘟噥：「你回玉山了，她應該很開心啊！」

「我也不知道為什麼。」阿畝仰看天際，如果可以，她也好想知道答案：「整座玉山，若隱若現的浮動著『掌心紋』的上古玄術，那是阿柏的枝葉防護網，但形跡斂盡。如果她不想讓我找到，我花再多時間，最後也是徒勞。」

「既然這樣，為什麼她又要強迫小葉帶著『葉凝影』來應考？」

阿狡更不明白了，大聲的問：「到底她是想見，還是不見呢？」

「我在想，阿柏……」阿畝無法繼續說下去，轉身進屋。月影冰涼，留在原地的阿狡抓了抓頭，經歷太多生老病死，他約略猜想得到，阿柏應該是出狀況了，所以才迫切的想把小葉交給阿畝，希望她的好友代替她，繼續守護這個孩子。可怎麼辦呢？阿狡知道，阿畝長期主掌刑罰紀律，公正嚴明，絕不可能因為自己的私心牽掛，影響百年一次的「七色宴」，但要等這些七色仙靈沒完沒了的宴會結束，誰知道阿柏會變成什麼樣子？

他一急，竟忘了自己斥責過青鳥「割裂本源」的風險，也立刻割裂一小絲本源，驅迫裂魂穿透時空，著急的找到燭龍，為王母娘娘說項，請求他「摺曲時間」，把王母娘娘送到阿柏身邊，讓她見過阿柏再回來。這是他第一次違逆阿畝意願，內心忐忑卻又非常堅持：「燭龍大人啊，直接把她送去，別管她同不同意了！這也不是什麼天下大事，難道還需要辯論嗎？反正，只要她回來時，時間還是接在原點就可以啦！」

這些「大逆不道」、而且還「濫用上古神能」的渾話，要是讓那些相約要節制神能的遠古神聽到，包準會被嚴懲。偏偏這燭龍的生活，實在太漫長、太遙遠、太無聊了，以至於碰到像白澤、阿狘這些「小朋友」來找他，任何「沒大沒小」的要求，在他眼中，不過就是一、兩個瞬息間的舉手之勞，卻能大大增加他喜歡的生機燦爛。

一想到王母這個能幹、倔強的「小姑娘」，從不依賴誰來幫她的忙，這下子，可需要他了吧！燭龍一口答應，立刻施勁；阿畝察覺到了，她全力掙扎著，不肯擅離職守，更不准任何生靈「濫用上古神能」。燭龍活了幾十萬年，規矩什麼的，差不多都忘了，更是孩子氣的用勁一推，摺曲出時間褶痕，阿畝還來不及抗議，就已經被送走了。燭龍微笑起來：「你不想要我幫忙，我就偏要來幫這個忙！上古神能都濫用了，你又能怎樣？」

燭龍一甩手，得意洋洋的離開。阿畝還沒站定，就聞到了熟悉的烏柏味道。她打量四處，沒找到阿柏，只看到一隻槖𩢍鳥兒趴在床邊，對著氣若游絲的老婆婆拚命哭：「烏柏婆婆，別走！烏柏婆婆，我不能、不能沒有您啊！」

聽到「烏柏婆婆」四個字，阿畝心一跳，挪近床邊，看著滿臉皺紋的「烏柏婆婆」，依稀看出是阿柏的眉眼，不自覺就握緊拳頭，指尖都掐進掌心了還渾然不覺。她顫抖著手，扶起阿柏，摟住她單薄的身體，緩慢而小心的輸入靈力，接續她的靈脈，並讓靈力遊走她的全身大穴，全面檢查身體。阿畝皺起眉，不明白阿柏明明有幾萬年的修為，怎麼會耗至油盡燈枯？她看了眼小葉，想知道到底是怎麼回事，但小葉只目不轉睛的盯著婆婆，看她動了動，激動的笑了又哭：「烏柏婆婆，您醒啦？」

這時她才意識到，身邊的神人，是來救烏柏婆婆的！立刻轉向跪在阿畝身前，拼命磕頭：「求求您！救救烏柏婆婆，拜託！請一定要救回烏柏婆婆。」

也許是因為剛輸入的靈力發生作用了，阿柏慢慢醒來，耳邊響著小葉吵吵鬧鬧的哀告和哭泣，拼盡力氣撐起身，對她搖了搖手，讓她別哭了。盯著阿畝，阿柏黯淡無光的眼眸，終於閃現出光澤，她微微一笑：「你來啦！」

阿畝點頭，緊抿著唇，說不出任何一句話，只讓小葉扶住阿柏，自己在指尖上注入更多靈力，順她的髮、理她的容，為她換上宛如春

天的綠長衫，再一遍一遍撫摸著她的臉，直到恢復紅潤。小葉看呆了，又興奮又緊張，反覆問：「烏柏婆婆就要好起來了嗎？太好了！她這樣，是不是就好了？」

「傻孩子，別怕！」阿柏對小葉笑了笑：「你知道嗎？這就是你最崇拜的王母娘娘。她一來，你就不會孤單了。」

在阿畝的靈力撐持下，阿柏慢慢恢復元氣，剛坐正，她就揮揮手讓小葉先出去，接著看著阿畝，隔了好久，才伸出皺皺的手，撫摸自己的臉顏，柔軟、飽含彈性的肌膚，如春甦葉子般的鮮嫩，好像這一輩子的牽繼都值得了。隨著顫抖的手慢慢游動，阿畝終於感受到，深埋在自己身體裡、屬於阿柏的「心間血」，翻湧著、跳騰著，歡喜而沉靜的靠近這雙手，彼此呼應，相互告別。最後，阿柏浮起心滿意足的笑容：「太好了，真的太好了。」

5 掌心紋

阿畝知道，樹靈系生命對生離死別的理解和動物系不一樣，樹靈系生靈認為，生死轉換和大自然的呼吸沒什麼兩樣。遠從在珠列島的遙遠歲月開始，她看著花謝萎落、腐葉飄飛，死去的老樹，隨著歡愉跳竄的陽光色河水，映著晶瑩透亮的金光，形成斑斕的液態水晶，洋溢著無限希望往上流，愈流愈高、愈流愈遠，帶著一種神聖莊嚴的純粹，遠遠的，直到超出視線，才隱隱消失在天際；再經過幾千萬年的孕養、淨化，又從天際滙入至純靈氣，和這些往上流的金色河水合流，慢慢回到地面，溫柔包覆起整片土地。就這樣，永遠有死、有生，所以也永遠沒有生、沒有死。

「我知道，我知道啊！」阿畝在心裡反覆提醒自己，阿柏回到大地以後，很快就會重生，可還是止不住心碎，好久不曾這樣任性而無助的拼命掉著眼淚。隔著幾萬年她才知道，原來為了替自己續命，阿柏早就捨了自己最珍貴的「心間血」，讓她隨著上古玄術的力量，一如四季間葉落而又萌芽，反覆繁華、永不老去。

難怪天地初安後，她怎麼也找不著阿柏；難怪這一生，她們都不能再相見了。自從阿柏捨了「心間血」，無論如何修煉，還是注定會在漫長的歲月中腐朽。她是阿柏最要好、最要好的朋友，阿柏怎麼捨得讓唯一的好朋友，一生背負著負擔？所以她必須努力把自己藏起來，永不相見，為了所愛的人心安。

這就是阿柏啊！只想為所愛的人，用心留住每一刻，讓她喜歡著、關心著的朋友，活得無限歡喜。阿畝伏在好友懷裡痛哭，阿柏不斷拍著她的肩，拼卻勁力，把最後的「掌心紋」靈力，滲入阿畝的「心間血」，為她的疼痛、心碎，布下一層溫柔的安慰網。這樣的深情纏綿，遞送著由「眼中靈」綰結纏繞出來的無限溫暖，那麼多的記憶、那麼多的往事，只留下最後的叮嚀，提醒她要一直記得，「活著」並不容易，一生都要好好珍惜。

多麼好、多麼好的阿柏！阿畝發現自己幾乎無法承受好友離開，無限悲慟像蒼茫散落的碎片，漫天風雪都是泣血的疼痛。就在阿柏留下來的呼喚和牽掛中，所有的碎片，隨著一小段又一小段記憶，慢慢聚攏，還透過一滴血魂，滴在阿畝的掌心，交給她最後一件囑託。阿柏指向屋外的小葉，要阿畝和她到烏柏樹梢，找出始終被「掌心紋」嚴密保管著的「小燈屋」。

阿畝這才想起，小葉還在外面候著，盼望她的烏桕婆婆快點好起來！但早已衰朽的阿桕，只撐著一口氣在等她，就算輸入再多的靈力，終究也留不住。問題是，要怎麼跟小葉說啊？

在這幾萬年的漫長時光，阿畝帶著阿狡、阿猙和阿猲，只有堅毅的訓練，從沒有溫柔的撫慰，簡直像住在男生宿舍；即使加入了吵吵鬧鬧的神鳥「畢方」和三隻青鳥，阿狡和阿猙總有各種方法對付他們。但現在只有她一個，到底該怎麼辦啊？

阿畝扶著額，頭都痛了起來，最後，還是不得不走出房間。迎向小葉那充滿希望的熾烈眼神時，她很難受，乾脆什麼都不說，手一揮，就把小葉點昏了。她飛身接起這孩子癱軟的身體，騰升到樹梢，跟著凝在她指尖的那一滴血魂，看血色微微閃動，自動在虛空中解鎖，一下子，樹冠間千萬片的心形葉子拂過暖陽，紛紛亮了起來，化為一間小屋的樣子。

千萬片葉子裡藏著千萬片「葉凝影」，讓她清楚看見這幾萬年間阿柏的生活。最讓她驚喜的是，當她回到玉山，因著「心間血」的牽引，阿柏便開始記錄她每次出現的形貌，並且附註對她的觀察和想念，這就是阿柏留給她的禮物。不知道從什麼時候開始，小葉也醒了過來，循著屬於自己的「葉凝影」，看見從未見過面的母親，那是她從來不曾參與過的往昔。

那時，天地失衡，母親從羭次山逃到玉山，氣力衰竭，跌落在烏柏樹下。阿柏沒有能力戰鬥，只能張開「掌心紋」的枝葉防護網，牢牢護住她。母親在昏厥前始終皺著眉，憂慮的護著肚子，阿柏發現，這個受傷的小孕婦孕期屆滿，卻沒得到適當休息，無論是產婦或是胎兒，情況都很危急。沒想到，雷劫竟趕在這時降了下來！就算她拼卻全力，「掌心紋」也撐不住，很快裂出缺口，這時，強烈焦慮的母親和受到驚嚇的孩子彼此撞擊，孩子早產了！

堅強的母親看了眼孩子，連親一下都來不及，就急著向天飛起，拼命張開羽翼，一片又一片、一片又一片的毛羽，抽離她的身體，飽注著她全部的靈能魂魄，漫天交織出對抗雷擊的安全網。她犧牲自己，就是為了護住孩子。無能為力的阿柏抱緊孩子，擔慮著、痛苦著，卻一點也不遲疑的驅動「眼中靈」，為剛出生的孩子留下無數的「葉凝影」，這是她的母親送給她唯一、也是最後的呵護。

每看一次，阿柏就深深被刺痛一次，這樣深情而讓人心碎的離別，她怎麼捨得讓小葉看到呢？可是，這是她的母親！總有一天，她得讓小葉知道，她擁有的是這麼不計生死的愛。就這樣，她鑄造了「小燈屋」，慢慢的，這間小屋成為阿柏心底最柔軟的角落，除了小葉的出生和成長，同時也收納了所有關於阿畝的追蹤和紀錄。那永遠熱血、勇敢、燦爛的青春，不像她，勉強撐過幾千年又幾千年的歲月，終究還是老了。

也許是因為生命力明顯的退化，最後這幾百年帶著小葉，她常常回顧起阿畝在天地爭戰中，各種溫暖又艱難的小故事。漸漸，她在整天喚著「烏柏婆婆」的小葉身上，看見與阿畝一樣的活力、熱情和嚮往，於是不再提起阿畝，因為，她害怕聽到小葉立志要「為天下憂，創天下業」。

這樣的壯闊志業，總是讓她憂慮，她不想像擔慮阿畝那樣，再為這個孩子擔驚受怕了！世界很大，她總是勸小葉，再多的戰爭、磨難，都有更偉大的上神仙靈會解決。她只想讓自己心愛的孩子，簡簡單單、同時也快快樂樂的平安長大。

6 安夢曲

小葉躲進小燈屋，逡巡在從小到大的「葉凝影」間，無限難捨。

也許是出生時先天不足，影像中的小嬰兒顯得傻氣，睡在烏柏葉子裡，一張開眼，隨手抓了幾片葉子，從此，手上不抓幾片葉子就睡不著，慢慢的，大家才都叫她「小葉」。她不太出門，總喜歡黏著烏柏婆婆，睡覺時習慣把頭埋進她懷裡，還大刺刺的用唯一的腳纏住婆婆，幾乎耗了全身力氣把她捲起來，彷如這樣才安全。

後來，烏柏婆婆年紀大了，白天忍著不說，晚上睡覺時意識鬆綁，免不了在疼痛時哼了幾聲。怕影響婆婆入睡，小葉不敢再跨腳壓住她，卻特別喜歡在一起睡覺時，等婆婆翻身，就占住婆婆留下來的那一小窩暖被，熱呼呼的，好像重回成天被她抱在懷裡的童年歲月。

婆婆不准小葉去應考七色仙靈，她就偷跑。第一次應考時，她昏迷了幾個月，婆婆天天站在樹梢上癡癡張望；第二次睡過了考期，婆婆看她懊悔、痛苦，默默把「掌心紋」的神能過渡給她；經過一百年的相互適應，神能在她身上生了根，婆婆才在應考前，教她如何在緊急時，撐開防護網保護自己，誰知道她竟然在考較速度時迷路了；「幻形成人」時被勸回；應試「奇門遁甲」時撞傷；「火劫」時來不及張開防護網，就被藍衣仙靈們救回來……對照這一路婆婆護著她的形影，小葉慘灰著臉，眼眶蓄著淚，繞啊繞、滾啊滾，終於在偎近王母娘娘時，抱住她，聲音顫抖著：「我的烏桕婆婆就像要下山的夕陽，這世界，只剩下我一個了！」

小葉大哭特哭，無法遏止的涕泣，可比轟轟雷電。阿畝摟住她，茫茫然看著阿柏留下來的這些形影發呆，只覺得阿柏不是夕陽，而是薄暮，再怎麼溫暖絢爛的暖陽金色，全都一點點、一點點的熄滅了。在夜暗前，縱然有千百般不捨，卻任誰都無從阻擋，所有的挽留，只襯出無能為力的斑駁和蒼涼。

她想起以前天地崩裂時，生靈脆弱，她們常常在聊天時感嘆，無論再怎麼努力，都像走在懸絲上，每一步都是挑戰。時間如狂風，不斷吹襲著日漸老去的生命力；意外的災厄和磨難就像暴雨，毫不留情的摧毀一切，世界成為無邊無限的悲傷、痛苦與孤絕，漫天風沙掩埋了希望的光亮，所有生靈的所有努力，不過就是為了在這黑暗中，點起一小苗微光。

青春時的她們，多麼勇敢啊！再大的打擊都不曾摧折她們，很快就打起精神，相約為自己想要守護的目標，營造一個遮風避雨的「小房間」。起初也許只是個空蕩蕩的小屋，經過各自的努力，改造、裝潢、整理，從混沌太初到現在，所有的神、仙、精、怪、妖、靈、異獸，甚至是魑魅魍魎，無論靈能高下，這世間所有堅持信念、一路奮鬥著的各級生靈，都在創造出自己喜歡的環境。

陸吾守護崑崙山；白澤建造莊園；巫醫團保持中立；阿猙和夥伴畢方定居章莪山；阿狕在隄山交了一大群新朋友；青鳥在打造三危山，她和阿狡為了生靈安穩，放棄無邊寬闊的玉山，守在小小的瑤池聖境安養……阿畝現在才發現，阿桕為了她，放棄青春的鮮豔、世界的寬闊，就在這棵烏桕樹下，癡心守過幾萬年。

她手足俱冰，四顧茫然。幾萬年來，她雖然並不確知，但始終相信這棵守護過她、陪伴過她的烏桕樹，總是在看不到的遠方，微微發著光，一直為她照亮一個永遠會等著她回家的小房間。沒想到，這麼快燈就熄了，人走了，往事和記憶也隨著薄暮沉入黝暗，只剩下她，獨自行過荒原，雷電震震，閃無可閃，但其實……

這時，她才發現自己不想閃避，隱隱希望，就這樣倒下去也好，她真的，好想好想休息一下……

誰也沒想到，阿畝真的倒下去了。小葉當場愣住，這可是王母娘娘啊！她一時忘了哭泣，手忙腳亂的把阿畝揹回房間，然後慌慌張張的打轉。她這輩子都活在烏柏婆婆無微不至的照顧下，很少想到別人需要什麼；大半的精靈異獸，常接受烏柏婆婆庇護，便也都跟著婆婆，當她是個「甜蜜的小傻瓜」，誰都會理所當然的照看一下。

小葉在茫然無措中，忽然得轉換身分，學著當一個照護者，而且還是照顧幾百年來對她無比崇高、幾乎不敢相信是真實存在的「偶像」。這多像一帖超強效的「悲傷止痛劑」呀！讓她立刻振作起來，不斷藉著回顧幾千萬片「葉凝影」，學習烏桕婆婆到底怎麼照顧他人，用最快的速度盤出一條「烏桕葉子軟被」，裹住王母娘娘，像婆婆抱住她一樣，她也全心全意的抱著王母，為她哼起小時候婆婆哄她睡覺時唱的〈安夢曲〉：

薄暮雷電啊，嗚又閃；想要回家啊，有何憂？
家園不在啊，伏又藏；遠方那人啊，有何愁？
環行穿越啊，誓不休；天地茫茫啊，有何求？
溫潤慈悲啊，意悠悠；平安喜樂啊，可長久？

阿畝聽著熟悉的歌，在夢境裡，彷彿看見兩個小女孩在烏桕樹下盪著鞦韆。春天時，黃綠色的細穗花序，在風中飄飛；盛夏變為濃綠；到了秋日，慢慢轉紅、轉橙、轉紫、轉成褐綠，葉子急著變換豐富的顏色；隨著綠色的梨狀蒴(ㄕㄨㄛˋ)果慢慢成熟轉黑，冬深夜落後，光禿禿的枝枒向天怒張。再多的風雨也遮不住女孩們的吱吱喳喳，隨著輕輕的歌聲，還聽得到那麼些破破碎碎的對話，在夢裡岔來岔去：

「你怎麼就不能待在這裡過過好日子呢？我們相互照顧多好！」

「那怎麼行？還有很多生靈過得不好啊！」

「你怎麼就不想有個家？日子簡簡單單就好。」

「我也想啊！大家都簡簡單單過日子，這樣多好。」

「你怎麼就不懂？黃昏到了，就是回家的時候了啊！」

「有你在的地方，就是家。」

「要是遇到壞天氣，雷劫雹怒，那有多可怕？」

「風激電駭，該走的路，還是得繼續往前走。」

「你到底要爭戰到什麼時候？知不知道我每天都在擔心！」

「大家都平安，我就回家了。」……

不知道過了多久，阿畝睜開眼睛，對上小葉亮亮的眼眸。小葉歡喜的笑開了：「醒啦？王母娘娘，您可終於醒了！我都被您嚇壞了。」

7 關禁閉，罰得好！

阿畝帶著小葉回來參加「七色宴」時，燭龍摺曲時間，讓她們趕上第二天一早的「花朝會」。七色仙靈因應自己的愛好，摘收著花瓣上的凝露，經過一整夜的滴集，藉著不同的顏色和香味，各自製作出不同巧思的七彩花飴。紅衣仙靈看到小葉，完全沒問起昨天她怎麼沒來，只開心靠近，興高采烈的說：「來，試試紅梅露，來自稀有的『穿雲紅梅』喔！先讓你嘗一口。聞到了嗎？味道很淡，離得稍遠反而香。快喝！感覺一下，甜味還會回甘。」

「嗯？好像都沒什麼味道耶！」小葉剛經歷「失去烏柏婆婆」的

巨大打擊，又在「王母娘娘昏迷」的驚嚇中，戰戰兢兢撐了過來，實在沒什麼心情參加宴會。但是，王母娘娘鼓勵她：「好好活下去！而且要活出真正的渴望！找出阿柏耗盡最後靈力，也要送你七重葉去應試的真正意義。」

是啊！好好活下去，無論是青春時的阿柏，還是活了幾萬年的烏柏婆婆，她的心志從來不曾改變，就是盼著所愛的每一個生靈，都能用心留住每一刻，好好活下去。小葉想起離家前，仰首看著巨大的烏柏樹，包覆著王母娘娘依傍烏柏婆婆的身影，她們坐在樹梢上，周身鑲著迷離的金邊，恍如幻影，接著慢慢變淡、慢慢消失，整棵烏柏樹隱入光影，慢慢枯朽。她聽到了風的輕聲呼喚、樹葉的溫柔回應，感受到山谷裡所有的仙、靈、精、幻、妖、魅……都在和烏柏婆婆道別。小葉甚至聽到更遠的山谷外，有鼓聲、歌吟，糾纏著人間無數的悲歡哀喜，幽幽杳杳，細細低吟，從遠到近捲裹著她，她變得無限大、無限遠、無邊無涯的稀薄，薄到幾乎散佚在萬物縫隙裡，宛如蜷縮成一顆塵埃，隨著一片又一片心形葉子，被放逐到無際之境，愈飛愈遠，始終不想回來，直到王母娘娘握住她的手，才安安靜靜落下，回到原來的烏柏樹旁。

原本如一座堡壘的大烏柏樹，已然光禿禿的，只剩下一個樹墩。她們坐著，彼此相望，在對方的眼睛裡，尋索著她們一生最想念的身影，但即使是在王母娘娘的眼裡，烏柏婆婆的形影也慢慢消失了。小葉這才感受到，過去幾百年的自己有多傻，婆婆常說：「天地安定，每一天都是好日子，你又何必急著去打打殺殺？」

「就是有這些勇敢的人在為我們打打殺殺，才為這世界打造出安樂和平。」她總是頂嘴，一百年又一百年，仰望著遙不可及的王母娘娘，盼著去考那永遠考不上的七色仙靈甄選。每當她垂頭喪氣的從考場回來，烏柏婆婆就會蒸香噴噴的「柏葉粿」，和她一起坐在黃昏的風裡，看漫天彩霞，歡歡喜喜的說：「其實啊！並不是每個人都必須為全天下努力奮鬥，有時候，為所愛的一、兩個人，守護一個小小的家，也是不錯的志願喔。」

「哼，等著瞧吧！一百年後的會考，看我的。」小葉大口嚼著柏葉粿，塞了滿嘴香甜的菜餡，對著又紅又大的夕陽大喊：「我就是要做保護全天下的大英雄！」

烏柏婆婆笑了！輕輕撫順了小葉被風吹亂的髮，再輕輕把她摟進懷裡。一直到烏柏婆婆鑄造七重葉，成全她通過考試的願望，她才發現，沒有婆婆的家，已經不叫做「家」了；才知道真正的幸福快樂，原來就只是待在婆婆身邊，吃著柏葉粿；才相信為所愛的人守護一個

家，真的是不錯的志願。

「想清楚了沒？」當小葉沉溺在無盡的想念裡時，紅衣仙靈拍了她一下，再問一次：「既然你的羽翼可以抗雷擊，簡直天生就適合在天空開展。風調雨順，多美好的願景！別再傻里傻氣的吸紅梅露啦，怎麼樣？要不要加入紅衣谷，和我們一起努力？」

「天空啊！」小葉仰首，心一痛，才發現自己只要一抬頭，就會看到已經不存在的那棵烏柏樹。她嘆了聲，微微搖頭：「不了，暫時我還不想飛。」

「沒關係，慢慢想。」紅衣仙靈轉向靛衣仙靈招招手，她們和紫衣仙靈走過來加入討論，大家都覺得：「要不然，加入靛衣谷如何？你都花了好幾個月在裡頭養病，大家都是老熟人啦！」

「是啊！我好喜歡靛衣谷喔，大家都對我好好。」小葉剛說完，皺起眉，想了一下又說：「可是，王母娘娘說，我得活出真正的渴望，才能找出烏柏婆婆拼命送我七重葉去應試的意義。我得再『想一想』。」

「想一想？」大家都笑了！好像回到小葉第一次應考現場，她的專長就是不吃，不喝，不睡，專心想。小葉專心致志的想著過去和未來，完全沒注意到四處都是精緻的點心和熱鬧的活動，直到「七色宴」都結束了，王母娘娘怕她「想傻了」，憐她是阿柏留下來的最後牽掛，特意遞出難得的邀約：「想跟我回瑤池嗎？」

仙靈們都驚傻了，消息很快被傳說、轉述出去，掀起充滿羨慕的小風浪，任誰都覺得小葉太幸運了！不可能會拒絕吧？誰知道，她竟然搖頭一笑：「謝謝王母娘娘。可是就算現在去了瑤池，我什麼都不會，只能添亂。我想留在這裡，和大家一起學習。」

「那你想清楚要去哪裡了嗎？」王母一問，吱吱喳喳的七色仙靈就急著出意見。這六百年來，大家早已習慣一起擔心這隻容易犯傻的橐甚小鳥兒，誰遇到她，都會緊握著她的手勸：「到我們這來吧！大家都會照顧你。」

沒人想得到，小葉最後竟然選擇了專司事業職志的「綠衣谷」。綠衣仙靈們忐忑不安，想起小葉這六、七百年來的考績和考運，忍不住深吸一口氣，惴惴不安的勸她：「事業職志的掌管和協助，真不是容易的事。要不，試試黃衣谷？嬰幼兒非常可愛喔！」

「我就是要加入綠衣谷，守護這世界上所有的生靈，找到生命意義。」小葉搖搖頭，拒絕了其他仙靈的建議，用堅定不移的語氣宣誓：「我要讓大家知道，無論是為全天下，或只是為所愛的一、兩個人，都是值得拼卻一生的守護志業，至死不悔。」

所有的七色仙靈都哀嘆，小葉的傻勁又犯了！只有阿畝微笑，這就是阿柏的魂魄，小葉不愧是阿柏親自教養出來的孩子。阿狡則開心的翻了幾個漂亮的「花式觔斗」，他關心過又擔心過的阿畝，總算笑了！誰知道，掌管刑罰的王母娘娘手一拂，轉瞬就把阿狡送到燭龍身邊去「關禁閉」，嚴懲他不敬上司、濫用上古神能。

燭龍孤單太久了，「犯人」一送到，他立刻高興的遞出龍息，悠長渾厚的聲音繞著明朗清亮的天地，幾乎所有仙靈都聽到了：「王母小姑娘，罰得好！下次還想摺曲時間，別忘了找我喔。」

紅楓，記憶的召魂

1 三珠樹

小葉跟著烏柏婆婆，自由自在的在玉山活了幾百年，總是以歡愉和羨慕的心情，想像著外面的世界，不知道多好玩呢！聽到王母娘娘準備定居玉山時，她好開心啊！每天吱吱喳喳，反覆轉述著各級仙靈傳說的王母故事，即使得不到婆婆任何回應，還是自顧自興奮的計畫著：「聽說啊！王母娘娘訓練出七色仙靈，好厲害啊！不知道要具備什麼專長，才能加入她們的奮鬥？如果我也能找到機會，成為其中的一分子，每天並肩努力的，都是這麼認真的夥伴，那有多好啊！」

烏柏婆婆的表情沒什麼太大的變化，只有在小葉哭哭啼啼從「百年會」仙靈甄選會場回來時，才會淡淡的說：「待在家，也是不錯的選擇。每天都開開心心的，有什麼不好？」

那時候的小葉，哪裡想像得到烏柏婆婆和王母娘娘，原來有這麼深的情緣？現在，只剩下她獨自坐在樹墩，抬首仰望著曾經庇護過周邊生靈千萬年、卻已經不存在的，那棵最熟悉的烏柏樹，她彷彿還看得到那一片片「葉凝影」翻飛的日常生活。她的靈識追逐著如煙往事，慢慢旋繞，觸發了王母娘娘預設的「靈能封印」，承接王母娘娘的「勇氣」和烏柏婆婆的「溫柔」，她們從童蒙青春延續到現在的心志，交錯羅網，成為小葉專屬的修煉靈域。

以前七色仙靈聽說的橐蜚鳥兒，只懂得硬扛，連雷劫都不怕。如今小葉變成夥伴了，幾百年間，大家對她那「一眼認定、打死不改」的傻勁，總是又氣又惜，誰不在背後叫她一聲「傻姑娘」呢？她們走

過天荒、瘟疫，從借居在「幻靈簪」化現的七座珠島，並肩奮鬥到現在，好不容易安居在玉山，散布在七色谷，誰都希望能替她找到此生安身立命的地方。仙靈們吱吱喳喳的出著意見：小葉心思簡單又不怕天劫，最適合去靈力豐沛的紅衣谷吧？要不然，到藍衣谷或靛衣谷，無論健身、養氣、生死拔河，都需要像她這種吃苦耐勞的死腦筋……誰知道，她堅持要進綠衣谷。

表面上看，除了綠衣仙靈，其他六個仙谷的仙靈，無論是風調雨順、情感圓滿、福壽康泰……每天忙著、轉著，行程填得滿滿的，所以一有時間就喜歡淘氣玩鬧。只有綠衣仙靈，很少出谷玩鬧，多半埋首在扎實的訓練和研習，是整座玉山最難得、也最有價值的儲備力量。王母娘娘常說：「綠衣谷蘊養未來，培育的是生活的自在，和生存的尊榮。」

來自各地的仙靈來訪，一跨進綠衣谷，抬眼就是「文淵盟府」的牌匾，入門可以查閱大量的書卷資料，是七色谷中唯一開放的共同生活圈。和其他歡囂吵鬧的仙谷比起來，綠衣谷安靜、低調，連走到花圃林苑交談，大家都習慣放輕聲音。

新人入谷後，會有三到五年都集中在「逸林」，因應各自不同的機緣、情致和靈性，隨機遇見各種屬於綠衣谷的上古玉片和通靈幻書，揭露一段又一段的人文歷史、心志紀錄和丹器製煉史。修煉期間，她們記得的人、事、物愈多，就愈能理解所有創造和毀滅、成功和失敗的必然與偶然。散布在「逸林」裡的靈霧，可以捕捉到靈識的累積和改變，不斷漂浮的古玉片和靈幻書，就像無邊海洋中，誰也想像不到的各種古生物，讓大家沉入知識的汪洋，在歷險中學習脫困，同時也在不斷的吸收中累積、蛻變。

直到學習進益慢慢停滯時，代表新人的自由摸索漸漸成熟，這時，完成新人儲備滋養的綠衣仙靈，會被召集到「逸林」的中心點，每個仙靈第一眼看見的，就是那棵高大的「三珠樹」！那樹長得有點像柏樹，葉片都是珍珠，每片珠葉都收納著一個仙靈的靈識。剛加入的新成員要依序站到樹下，以靈識連根，慢慢透過枝枒，長出一片新葉，等珠光透出顏色，就完成了成為綠衣仙靈前必要的「靈質檢測」。

看著檢測中的新人因應靈質編組，小葉愈等愈緊張，站在她身邊的師姊「綠蔓」，善意的握著她的手，一邊從掌心釋出一點點靈力，舒緩她的焦慮，一邊溫柔的勸她：「別怕，這又不是考試。三種珠色代表著靈性差異，為的只是要讓我們把自己的熱情和專長，放在最適合的地方。」

連續看著幾片珠葉泛出翠綠光澤，小葉抬頭看著三珠樹上布滿翠綠，忍不住問：「哇，翠綠珠怎麼這麼多？」

「因為加入綠衣谷的仙靈，多半『靈感』特別強，善於辨色、辨味、辨鮮……」綠蔓微笑，她的靈質也是翠綠珠呢！「靈感」卓著的仙靈，都是充滿好奇心又愛熱鬧的「發明家」，在自由合作的實驗靈域裡，製作各種「鮮絆嘴」。綠蔓為小葉簡單解說：「其實就是一般仙靈們喜歡相互分享的各色零嘴，只是我們研製出來的『鮮絆嘴』，刺激更強、功能更多，可以清心、安眠，還可以催生靈感。」

「那種幾乎不著顏色、只帶著一點點粉嫩的綠，好少喔！」小葉一指，師姊點點頭：「嗯，這些仙靈的『靈心』特別強，對各種生靈的了解，有一種敏銳的直覺。她們精研的『心攪霧』能瞬間提升生靈的忍耐力，在生靈遇到靈感糾結、壓力重擊，或是在任何努力即將崩解時，陪著大家再撐一下、再往前多走一點點！這真的很厲害，也很耗心神，連施術都非常不容易。」

小葉好感動，輪到她站到樹下了，心底的熱血一湧，忍不住閉上眼睛，反覆在心裡默念：「烏柏婆婆、王母娘娘，求求你們，讓我的珠葉子也變得粉嫩吧！」

她的心口冒出一陣熱，靈力沿著任督兩脈繞行，靈識周邊浮起墨黯濃霧包覆著她，一層一層，宛如無數個小世界在她眼前展開，最後，她覺得自己的魂魄都和樹連在一起了，分不出自己是樹還是鳥。小葉的珠葉亮起墨綠，代表「靈覺」很強，可以預知困頓災厄。綠蔓忍不住牽起她的雙手，開心的說：「好棒！你以後的研習和修煉，就是因應各種需要煉製『芥子村』，隨時保護生靈、降低傷害。那可是站在第一線的溫暖，真了不起啊！」

2 綠衣谷

出入綠衣谷的各地仙靈，多半只知道「文淵盟府」和花圃林苑；僅有少數與綠衣仙靈相熟的好友，知道「逸林」的摸索和三珠樹的「靈質檢測」。然而，外界不知道的是，通過檢測後的綠衣仙靈，除了上課研習之外，其實早已根據靈性差異，在不同的靈域結廬，日以繼夜投入自己與世隔絕的研究裡。

「靈覺」敏銳的仙靈集結在「谷底水岸」，循著小河蜿蜒，各自選定據點，時而自行煉製，時而交換意見，有些仙靈還會彼此合作，完成更精細的「芥子套」，也就是在小芥子村外，再套上大一點的芥子村，甚至研製出「芥子連環套」，像大船承載著逃生船，逃生船上又備有逃生衣……無論如何，她們的使命就是保住生機，即使天崩地毀，也要守護希望一直延續下去。這是王母娘娘對她們的反覆囑託，誰都不忍辜負。

整座綠衣谷的主體，就是散居在山坡、各種「靈感」鮮活的仙靈，到處都像熱鬧的市集，一有新發現就來回往返，不斷交換禮物。「鮮絆嘴」推陳出新，除了在阿狡的統籌分配下，支援各地仙靈，也和三危山的儆徊聯手合作。自從儆徊利用靛衣仙靈的《肉肉健康仙譜》，將「視肉獸」通過「擁抱廊」後截裝出來的鮮活血肉，料理成口味多元的「肉肉調理包」，這樣的新鮮美味，不僅在幻靈界大受歡迎，他也讓崑崙山的小總管「開明」，不斷將肉送到人間，守護著更多在生死邊陲掙扎的凡人。原本做為重要信息重心的三危山，慢慢成為嶄新的物資交流站，綠衣仙靈們送來大量的「鮮絆嘴」讓傲徊自由處理，他則回報她們更多來自天上、人間的零食樣品，以及各種新奇的原始素材。

可以說，「靈覺」仙靈是王母娘娘的主要意志，為了求生做準備，擺脫「過去」的夢魘，讓各級生靈遠離遠古洪荒的全面崩滅。「靈感」鮮活的仙靈，則是為了活在「當下」而努力，她們青春燦爛，享受著日常的歡喜。唯獨神祕的「靈心」仙靈，住在山巔最高峰，上接天地，糾纏在日月星辰、風雲雨霧間，「心攪霧」的設計和煉製，都是為了陷於困境的研究而發明，用來攪動靈能、神識和心志，沒有明確方向，甚至沒有「除錯」的預防機制，只靠著「追尋美好」的信念，全心相信大家正靠向「未來」的光亮前進。

因為靈心仙靈極少，研製過程又耗神，「心攪霧」一直是綠衣谷最稀有、也最被寄予厚望的「神聖存在」。無論存取或施用，都必須動用精細的靈術，稍一不慎，很可能牽引得靈識混亂，讓心魂深受威脅，所以不能像「芥子村」那樣，配置給各級仙靈隨身攜帶；也不能像大量生產的「鮮絆嘴」，堆在靈石櫥櫃中待用；只能靠特定的靈心仙靈看守、待命，在需要時盡快施術。

在靈心峰頂待久了，每個仙靈都聽師姊們說過，綠衣谷煉製出來的「鮮絆嘴」，大部分都被送到了西行四百八十里後的「軒轅丘」。源於軒轅高臺的洵水，向南流進黑水，水裡總漂著各種穀粒般的丹沙，還有煉製銅礦用的石青碎粒，以及能解百毒的雄黃細屑。奇怪的是，雖有水源繞行，軒轅丘卻寸草不生，走到哪裡都光禿禿的，更別說長出一朵花或一棵樹。

再往西三百里，就到了「積石山」。山下有個石門，稠濃暗黃的河水漫過石門向西南流去，像個神祕的分界，跨過這座石門後，山青水秀，天地煥然一新。最稀奇的是，這裡萬物俱全，和「軒轅丘」剛好相反，從不受限於天候、地質，所有的動物、植物、礦物，仙凡共存，甚至連星辰萬象也都微縮在這一座小山裡。

綠衣谷的「心攬霧」幾乎大半都被配送到積石山，為此這裡設有「靈心樓」，常年指派靈心仙靈駐守。千百年又千百年過去，靈心仙靈先後更替，卻總有著相同的不安：天地萬物因應天候、地質、物種，相生相剋，各有風景，就算是「神域」，都不可能生成萬有。積石山不像真實存在的地界，反而像是一顆刻意裝載的「超級芥子村」，可又不是芥子；沒有道法符文，卻具有比任何道法符文更強大的靈能。

靈心仙靈們常年駐守，在這裡自由走動，看著萬物欣欣向榮，所有的願望期待，都能很快得到滿足，大部分的災厄疼痛，也都剛好可以順利解決，卻不曾見過任何執掌秩序的「超級存在」，為這座山更增添了幾許神祕。這些相繼被派來的靈心仙靈，在最初通過綠衣谷的「靈質檢測」時，本來就對靈識流動和心志選擇特別敏銳，加上長年在孤絕的靈心峰修煉，有時還可以窺見天機；對照宛如「收藏品」的萬般美好，再回看小巧精緻的靈心樓，她們很快發現自己也變成這些萬有存在中，不可或缺的「展示品」之一。

靈心高、卻又神能低的仙靈們，不知道如何解釋這種完全沒來由的忐忑和恐懼，只一代又一代在文字紀錄裡反覆叮嚀：「太完美的世界都不真實。」「沒有磨難、輕易滿足願望的世界，是怎麼製造出來的？」「如果有機會，一定要繼續探索！」「守護未來有太多的不確定，所有美麗的計畫和努力，不一定會通往完美的結局。」……這些生活紀錄和綜合省思，一段又一段的收藏在「逸林」，等待著有緣的師妹們隨機相遇，即使暫時還找不到真相，仍然得隨著一代又一代的駐守，持續調查下去。

剛加入綠衣谷的小葉，穿過熱鬧的「靈感坡」，在「靈覺水岸」選定居處。仍然傻乎乎的她，可能沒什麼機會前往「靈心峰」，更不可能知道「軒轅丘」的花樹不生和「積石山」的萬物繁華。她在「逸林」待了五個月，無論是人文歷史、心志紀錄或丹器製煉術，都沒長進多少，就只看著這麼多厲害的師姊們，變得愈來愈熱血！

她和其他同樣靈性還不夠敏銳的綠衣新人，大家都沒發現，當她們走過「花穗綠廊」、準備去上課時，這道穿廊，就是靈級極高的「芥子通道」，一走過去，就越東三百五十里，來到了蠃（ㄌㄨㄛˇ）母山；更不可能知道，她們敬愛的導師「成先生」，就是天神「長乘」。

千萬年又千萬年過去了，長乘舊時的朋友大部分都凋零了，還活著的，大半也都遠遁星冥，相見無期，只剩下阿畝，偶爾會來贏母山坐坐，和他聊一聊彼此都快忘記的記憶。他們想念老朋友，對那一大片又一大片血腥戰場，滿懷難忍、難堪的悲憐與疼惜。長乘有一次提起蚩尤戴過的枷鎖，在荒山化成一片楓林，語氣裡藏著好多想念和悵惘；阿畝想起蚩尤的師弟「飛廉」在對戰黃帝時，曾以風伯的威能聯合雨師，擊敗了「應龍」。那時，有好多喜歡玩風的孩子追逐著飛廉，他還訓練出一批傑出的小風神，其中有個不馴的孩子叫「馴風」，總是往暴風處闖，一輩子的目標就是挑戰不可能。

阿畝讓在三危山建立起完整信息網絡的傲徊找出馴風，再派沼澤小精靈「慶忌」日行千里，通知他有一場好玩的「不可能宴會」，歡迎他來湊熱鬧。馴風看了又看，邀請玉函的確是來自王母娘娘，上面還帶著王母的豹紋印記，奇怪的是，設宴地點竟然在九德天神的所在地、封印絕境「羸母山」；而最讓他心動的是，特別來賓還是專長飄風引雨的龍頭神「計蒙」，那可是他的超級偶像啊！計蒙長年幽居在光山漳淵之下，他們這些玩風的孩子，誰都崇拜他，可也不曾見過他。這……馴風忍不住懷疑，該不會是一場騙局吧？

可是，萬一是真的呢？更何況，他是誰啊！一個微不足道的風孩子，慶忌何必兜這麼大一圈來誆騙他？想了又想，反正也沒什麼好損失的！他決定跑一趟羸母山。

沒想到，這場大咖雲集的「不可能宴會」，竟然是真的！王母娘娘帶了足以種滿一整座羸母山的楓樹苗，催長成林；長乘注入耐旱抗老的靈力；計蒙接手牽風引雨，接著又把靈法傳授給馴風，囑託他守住這些楓樹林。王母娘娘和陸吾預先取得共識，他們向馴風約定，若他能順利照護這些初長成的楓林活過三百年，就讓他接任西山區的風神一職。

「說定了喔！」馴風信心滿滿，三位上神接力出手，他沒守穩，也太丟臉了！誰知道，無論再怎麼努力，漫天的紅葉飄飛不滿五十年，雨就停了。沒有水，整片楓樹林都乾枯了，他們的記憶也就在這短短幾十年間，閃了些微光後又隨風散去。馴風痛失約定，非常懊惱；計蒙早說過阿畝這是多此一舉，忍不住跳出來訕笑；而阿畝何嘗不知道天規難違呢？只是她心疼老友孤寂，總想著還可以做得更多一點點；只有長乘明淨如最初，千萬年來，經歷過太多的希望和失落，時移歲往，讓他練就出比年輕的自己，不知道堅韌多少倍的適應能力。

滿山的頑石，浸潤在九德的溫柔渲染，慢慢變得晶瑩剔透，全都沁為美玉；即使是環繞在山腳下的各種青石，無論遠近，也都成為煉氣靈石。回望蒼茫往事，混雜在天地初成的混沌蒙昧裡，天傾星頹，水潦、火燎……各種慘烈辛酸都過去了，再沒有任何天譴和天規約制著，長乘卻不曾離開，還是習慣待在嬴母山，傾聽所有掙扎、痛苦的呼號和呻吟，像薄暮時的雷電震震，無路可退、無家可棲、無處可訴。整片楓樹林乾枯後，他耳邊繼續迴盪著無止無休的悲鳴，過往的血腥殺伐、絕望疼痛，迴旋在腦海裡，他不肯忘，也不敢忘。

阿畝送的這一整片楓樹林，起初只是想挑起他們共同的記憶，有點溫暖、有點悲傷，更多的是無可挽回的惆悵。隨著葉落樹枯，那些曾經想要遺忘的日子，重新活了過來，回顧著那麼多老朋友的抉擇與分裂，那麼多認識或不認識的上神幻靈，他們的奉獻和彌補，使他沉睡在漫長時光裡的魂魄慢慢被喚醒，愈來愈常想起阿畝說的：「太平安好，從來都不是理所當然，需要我們並肩努力。」

隔了千萬年又千萬年，長乘第一次離開贏母山，來到厭火國北方的赤水邊，看著宛如流星群的水岸珠樹，認真選了棵三珠樹，移植到玉山的綠衣谷。他繼而挪用了半座贏母山上浸潤九德的靈玉，盡心養護，讓這棵樹的每一片葉子都轉化成九德玉，用「忠」、「信」、「敬」養「靈心」，綠意淡淡，鮮而嫩；用「剛」、「柔」、「和」養「靈感」，翠碧的鮮色，充滿活力；用「固」、「貞」、「順」養「靈覺」，寧靜的融入墨色，凝成靛青。最後，他化身成孩子們眼中無所不能的「成先生」，像千萬年來溫潤過每一顆小石子一樣，全心引領著這些由九德玉分派就學的仙靈，一百年又一百年、一千年又一千年，從來不敢懈怠，相信總有一天，這些孩子都會變成靈玉，一起走向再次等待千萬年也值得的太平盛世。

4 積石山

在綠衣谷的每一個日子，都是無止盡的修煉。「靈感坡」的討論和翻新，「靈覺水岸」的嘗試和分享，以及「靈心峰」的研究和實驗……時間以百年為單位，只有在即將舉行「百年會考」的前幾年，大家才會回到「逸林」，回應靈性，藉由隨機閱讀一段又一段的人文歷史、心志紀錄和丹器製煉史，重新整合、提升過去近百年的學習累積；接著聚合在「文淵盟府」，提出各自的領略，整理成冊；直到會考屆近，透過跨組提問、對答，相互檢覈(ㄏㄜˊ)、核實修驗成果，最後又分組做清楚的報告，用最短的時間整合彼此的學習，這樣才能成為緊密

團隊，同心協力應考。

直到會考落幕，七色仙靈湊在一起籌辦「七色宴」的討論地點，決定設在「文淵盟府」。為了這一天，綠衣谷少不了得為大家設計驚才絕豔的「鮮絆嚐」，飲饌分享變成藝術盛宴。其他仙谷的仙靈在討論時遇到問題，也總喜歡翻找綠衣仙靈的筆記，大部分的難題都能從中找到答案；宴會現場就像個圖書館，連阿狡都喜歡帶一些抄本回去，笑著說：「比故事話本還有趣！」

小葉待在這個傑出的學習團體幾千年，愈來愈覺得自己當年堅持加入綠衣谷時發下的豪語：「我要守護這世界上所有的生靈，找到生命意義」，根本就是個「大傻瓜才敢誇口說」的大笑話。看著大家這樣才華洋溢，還日夜不捨的努力，她很怕自己會成為別人的負擔，終於明白當時為什麼會有那麼多善意的提醒，大家兵分多路，要她去紅衣谷、紫衣谷，或什麼藍、靛、黃都可以，只要不是綠衣谷就好。

以她現在的見識來重新選擇，應該會不好意思選綠衣谷吧？為了減輕壓力，她只有一個方法，就是比大家的努力，還要更努力！綠蔓師姊為她準備了各種足以嗆得她掉眼淚的「鮮絆嘴」，在煉製各種不同功能的「芥子村」、累得撐不下去時，她就大把大把的塞進嘴裡，嚼到滿眼、滿臉都是淚，繼續打起精神，重新找出問題補強或者打掉重練。小葉唯一允許自己喘口氣的時間，就是當她回到烏桕樹墩，反覆吸收著王母娘娘和烏桕婆婆留下來的靈氣，慢慢在自己的天真單純裡，填進寬闊的勇氣和無聲的溫柔，彷彿再次聽到烏桕婆婆的叮嚀：「為所愛的人，守護小小的家，真的是不錯的志願喔……」

這幾千年來，小葉最大的進步，大概就是愈來愈珍惜身邊的各級生靈，愈來愈懂得小小的幸福也值得全力守護吧！她在「逸林」裡，看到愈來愈多家國破碎、族群翻覆的歷史，接收到很多小國、小村、小家，永不放棄、奮力重生的故事；也在成先生的眼裡，讀懂了破碎的疼痛和翻新的希望，慢慢拼出天神長乘的故事。原來，並不是只有她遭遇辜負烏柏婆婆的痛苦，無所不知、無所不能的天神，他的悔憾、痛楚、悲傷……不知道超過自己多少倍。

隨著閱歷增加，小葉知道自己做不到的事愈多，就愈需要把目前做得到的事做好。天神長乘的靈玉神能，協助她貫通一生所學，翻悟出長期待在烏柏婆婆身邊感受到的「眼中靈」、「掌心紋」和「心間血」上古玄術。從此，她製作的芥子村都會先以「掌心紋」做成防護網，再選用綠衣仙靈常穿的曖光紗，織進自己抗雷劫的橐𩯁毛羽；接著以「眼中靈」留下召喚記憶的鏡面；最後用溫暖的「心間血」封存。無論這些芥子落在哪裡，都能透過日夜重複的光影、四季迴旋的風，反覆提醒大家，不要忘了所有我們愛過的人、珍惜過的日常……

小葉煉製的一個又一個小芥子，在師姊試用時，難得的，竟然被誇獎了！她紅起臉，接到好多新訂單。每一個讓她崇拜了幾百年的仙靈，來向她訂製需要的芥子村時，她總在他們一離開後，失控的蹦啊跳啊，直到跌回小橐甝鳥兒的原形，摔在地上喘個不停。成先生在上課時淡淡提起，小葉的芥子村做得特別溫暖，師姊們都開心的簇擁著她，翻飛喧嚷：「好棒！我們的橐甝傻姑娘長大了呢！」

這些肯定，讓小葉漲紅了臉，心跳落了好幾拍。雖然還是覺得自己跟不上，但她也開始相信，只要自己更努力，就可以守護更多的生靈，像她一路仰望的烏桕婆婆和王母娘娘一樣。

不過，靈覺仙靈很少出門，只能在水岸反覆演練芥子村的收合，不太有機會看到「更多的生靈」。幸好，待她親如姊妹的靈感仙靈

「綠蔓」，自從開始負責遞送「鮮絆嘴」到軒轅丘，總會順道到積石山，探訪駐守在靈心樓的老朋友們，並把她們的好奇和懷疑，反覆和小葉討論：「這麼完美的世界，到底是不是真的？軒轅丘草木不生，為什麼我們的鮮絆嘴還得堆在那裡？穿過一道石門，天地一新，你說古不古怪？為什麼洵水繞進黑水後，這樣隨意一轉，就成了積石山的萬物繁華呢？」

「確實有點古怪，不過你可別胡來喔！」小葉有點擔心，緊握著綠蔓的手，反覆叮嚀：「靈心師姊們秉性天成，一個比一個厲害，連她們都還查不出所以然，你千萬別衝動，務必小心一點，最好……」

「最好什麼？以後送鮮絆嘴到軒轅丘後，就什麼都別管，趕緊回來？」綠蔓白了她一眼，嘟起嘴笑了：「我就不信你做得到！你說，如果是你，是不是早就衝進去了？」

「我……」小葉說不出話，綠蔓再白了她一眼，自顧自又說：「你想啊！現在駐守在積石山的，是最照顧我們的『綠怡』師姊。你知道嗎？師姊發現，積石山崖邊可能有個頂級芥子，她猜想，那芥子可能摻進了上古神礦的天地靈能，和我們這種低階仙靈製作的求生逃難所，完全不一樣耶！」

「頂級芥子？」小葉這個幾千年來重複製造著「求生逃難所」的低階仙靈，求知慾全被勾了出來，熱切的問：「在哪？帶我去。」

「地點不知道。也許真的很危險吧？師姊不肯說，只囑咐我別再去積石山。」綠蔓有點擔心：「我猜啊！她可能找到了一些線索，只是禍福難測，不想讓我們涉險。說不定所有的祕密都藏在那裡。」

「那怎麼行？她孤立無援更危險。」小葉一急，拉高了聲音：「快想想，下次該怎麼把我帶進去？」

5 天地劫

靈心樓由雪白的大塊雲石打造，太陽出來時，熱氣透不進屋裡，只纏繞在雲石間，暖暖的烘著剛剛好的氣溫；入夜後，雲石又縛住夜氣、收納寒涼，到了第二天日出，散出幾許清涼，日清夜安，住起來非常舒適。樓前小徑沒特別打理，各色小野花自由恣長，生機燦爛；窗外有棵大楊柳樹，飄飛的嫩芽青青，吐露著綿細的溫柔。天氣寒凍時，葉子落盡的楊柳枝條倚著小樓，靜極了，像一幅絕美的畫。

在巷口幫家裡賣饅頭的「小石子」，總會在黃昏時為綠怡送一盒熱呼呼的晚餐來靈心樓，有時是五色麵，有時是香噴噴的什錦飯，更多時候是特別為她捏製的、各種鮮色美麗的花饅頭。他還總笑彎著眼睛對綠怡說：「我媽說啊！姊姊這麼漂亮，就是要吃最美麗的饅頭。」

積石山到處都是這樣美麗的風景，單獨四處行走，簡單而自在。各級仙凡互動，也總是帶著善意，彷彿從上古延續到現在的安心和愉悅，始終不曾被干擾。天地這麼美好，特別在最近這幾個月，更有一種比過去數百年還要更加平靜的舒寧。

但不知道為什麼，綠怡卻愈來愈不安，直覺的警惕著、緊繃著，日夜靈修禪坐，不敢稍有鬆懈。忽然，耳側一聲輕響，彷彿有什麼不確知的異質存在，刺破了寧靜，她騰身撲向聲源，就在這躍起翻飛的幾個瞬息間，積石山靈能失控，平常看起來很穩固的生活空間，有如模型坍塌般，瞬間全崩毀了。

屋舍陷縮、山川頹裂、水淹火燎、星辰崩落……到處都是失控的時空漩渦，原本最熱鬧的城區街道，布滿妖異的紫紅樹枝，不斷穿透四周的屋壁垣牆。初醒奔逃的生靈，驚慌顛簸，卻又無路可逃，大家都不知道發生了什麼事，所有驚惶的眼神在黑暗裡顫動，成為微光點點。

綠怡翻飛至各地，循著淒厲的求救聲，丟出手邊所有的「芥子村」。但時空漩渦的力量太強大了！她掙開扭力，竭盡所能的飛騰到最高處，衝破困縛，向空中拋出最高階的「求援煙簇」，炫目的紅火焰不斷炸開。她戰慄著，拼命收束星流，勉強站在虛空裡，眼看整座積石山，像個吹滿氣的羊皮袋忽然坍洩，噴發著混亂的袋口集中在山下的石門邊，看起來空無一物的石門水影，隱隱裂出光線，想要仔細去看，卻很快又消失了。

她祭出「心攬霧」，牽引自己的靈識探了過去，化為一層薄薄的光霧，罩向石門。不知道從哪裡湧現的白茫茫迷霧，散發著抹消一切的靈能，在神識即將昏迷前，綠怡轉了下乾坤戒，一把將所有備用的「鮮絆嘴」全塞進嘴裡，嗆得她眼淚、鼻涕都止不住，好不容易才清醒了些。她努力在迷魂光線中辨識方向、緩步挪行，過了好些時候，總算在耳邊聽到清新的琴聲在引導她，心魂慢慢安定。看著遠方依稀明滅的微光，她放空心思，什麼都不想，一路凝神往前，直到走出迷霧，看到一個雅淨的少年坐在琴邊，輕笑著，像熟識的老友一樣向她打招呼：「你來啦！」

「積石山到底是怎麼回事？」綠怡想起剛剛引她走出迷霧的琴聲，知道少年沒有惡意，忍不住問：「外面現在怎麼啦？」

少年站起身，一下子沒站穩，綠怡搶近扶起，穩住他的身體。這一碰觸，她立刻發現少年的靈力飄散，隨時可能倒下，更是提高警覺，不敢放開。少年轉頭，眼底充滿血絲，不知道幾天不曾休息了，還是微微一笑：「對不起，我真的捨不得看大家受苦。你相信嗎？這幾百年來，明知道太初的靈能終將消歇，沒人可以阻止，我卻還是撐著，一直撐著。可惜，也只能撐到現在了。」

綠怡扶著他，隨著他手往前指的方向，撐起他虛弱的身子，搖搖晃晃走近一面宛如從天落下的水晶軟玉。少年手一揮，晶玉流幕就映現出此時早已火光四射的積石山，各種生靈在蒼茫流離中呼喊到聲音都啞了，絕望的眼神裡滿是驚悸。綠怡天生靈心敏銳，加上身邊少年的生命也走到了最後，無法為自己的神識做防護，讓她在極短的時間裡，接收到他從靈識散播出來的劇烈震顫，看到了千萬年來的成住壞空，和他陪著各級生靈一路走來、每一段顫顫巍巍的崩離故事，以及……綠怡不忍的看了少年一眼，一下子無法承受——想不到，他在這麼漫長的歲月裡，曾經苦熬過如此難忍難抑的勞瘁和孤寂。

「求援煙簇」的紅火焰還在燃燒，七色仙靈迅速從玉山趕來。天神長乘敏銳的分發調度，漫天布滿各種芥子村，在不斷的援救中，浮滾著讓人心碎的離別和死亡。常來積石山探望綠怡的綠蔓，熟門熟路的帶著小葉，深入許多山坳轉角，拼命散播著大大小小的芥子村。

小葉看到一隻長著四隻腳、右鰭帶著晶黃裂口的小𩶱魚，從激湍的水瀑中懸空摔下，急扯下胸口的烏桕葉子接住，並遞了絲靈力把他送遠。小石子縮在媽媽懷裡大聲嚎哭，根本不知道，緊抱著他匍匐在地上的母親，後腦勺被落石砸裂，從血洞流出的血早就風乾了。

隨著靈識匯流，綠怡現在才知道，小石子就是「他」從靈山帶來的神石。靈能被他抽用後，他總是惦著這個孩子，一世又一世，為他找尋各種家庭，用很多很多的愛，焐暖這顆蒙塵的小神石。她輕輕發抖，瞥了少年一眼，心裡微顫。原來，小石子喜歡她，常常來找她，他也因為關心小石子，一路看著他們互動，這可能就是他在這孤獨的角落裡，唯一的一小段甜蜜時光。怪不得她總覺得，他們似曾相識；怪不得在那混沌黑暗中，他的琴聲裡帶著那麼多溫柔和惦念。

透過晶玉流幕，他們無能為力的看著億萬星力旋進太古，靈能不停擴散，積石山幾乎被全面輾壓。強大的時空漩渦捲到哪裡，那裡的一切就灰飛煙滅，即使是早已疏散到半空中的芥子村，也一個個被不斷成長、變異的魔力給吸進去。

瑩亮的星輝被抽乾了，圓月血色如焚，四周都是血霧，朦朦朧朧中，只看到一身潔白的天神長乘站在積石山頂，一臉沉靜，宛如在和迴旋了億萬年的風角力。他曾經在上古莽荒的廝殺崩裂中不沾不染，直到失去所有的朋友，被放逐了億萬年；現在，他必須弄髒雙手、染紅衣衫，和他一手帶出來的孩子們一起逆轉星天，無論如何，都得凝固這個不斷擴大的時空漩渦。一身雪白早已滲透血色，他耗盡修為，微顫著，綠怡看著他被絞進星河拉力中，身影愈來愈模糊，不禁害怕得喊了聲：「成先生……」

「別怕。」看起來很虛弱的少年站挺了身子，拍了拍她，囑她放手，淡淡一笑：「還有我。」

他闔上眼，長長的睫毛垂下來，眼下形成一片暗影，開始哼起簡單的調子，整張臉慢慢透亮，煥出宛如星辰的螢光。反覆的韻律，形成充滿迷魅魔幻的低吟，時空慢慢模糊、變淡，一直變淡……。忽然，綠怡發現自己回到了積石山，她仰首，看見山頂上的天神長乘身邊，多了一道淺淺的影子。

6 哀薄暮

天神長乘耗盡天九德之氣，和星辰坍縮的拉力對峙，一張無瑕光潔的臉慢慢變黯，隱隱浮出皺紋；雪白的豹尾護住半片天，心神的消耗裹著浮塵，混了些灰黃的慘淡，還是阻止不了滿天的芥子村，一個又一個的被捲入時空漩渦中，煙消雲散。

天空中滿是四處升騰的火焰，求援的煙簇、妖邪的跳焰、仙界的歸明、對踞的烽煙、意外捲起的風烤、死亡邊界的碎燐……層層熏染著漫天雲色，就像千萬年又千萬年來的薄暮哀切。天空被妖紅鑠金的濃霧和薄雲罏罩，妖異的詭豔落在山頂、落在原野、落在斷壁殘垣，也落在殘缺的樹椿和飛簷，餘暉返行，延長了或深或淺的陰影。只剩下一點縫隙讓夕陽透出，深紅慘淡，像在墜落前的小魚搖晃著金色鱗片，片片褪灰，微弱的光線在入夜前掙扎，風中盤旋著古老的低吟；落日餘暉融進昏暗，侵蝕靈識，宛如聽到鬼域彼岸的呼喚，四地都是絕望的哭泣聲，破碎的呼告隨風飄散，強風涕泣，積聚了成千上萬的浮塵翻飛，在風中張不開眼的生靈，毛、羽、亂髮，以各種想像不到的誇張姿態張揚狂舞，無論是善良或無情，最後終將一起湮滅在無邊天地。

長乘垂眼，湧出無限悲憐。就在絕望的黯流即將覆滅一切時，忽然，大家都敏銳的感受到，時空漩渦在慢慢縮小，就好像一旁開鑿出了一條溫柔的河道，引導著混亂的拉力注入星河。長乘張開眼，看見一襲白衣飛旋，眼前脈輪流轉，先從「海底輪」煥現出火焰般的橘

紅，連繫到大地，逐漸安定著破碎的土塊；而後，「脾輪」光色掩映，紅、橙、黃、藍、紫，引領著各種生靈的生命能量專注奮鬥；接著，轉從「臍輪」交織出鮮紅和嫩綠的光網，整合靈識，感受生命世界的破碎和完整，重新對生命燃起熱情和好奇；然後，停留在「心輪」，全身都金燦燦的發光、發亮，和「愛」連繫，所有的生靈都被籠罩在這聖潔的光裡，學會寬恕、珍惜被愛，而且認真的去愛這個即將破碎的大地。旋舞在這些光影裡的少年，臉色比身上的白衣還要白，但仍然顏容溫柔，輕輕對長乘說：「好久不見。」

「好久不見了。」長乘心中有千言萬語，卻也知道什麼都不必說，只淡淡打了招呼：「真好！很高興還能再看到你，巫羅。」

他們的眼神就在這幾句話中，交會了千萬年又千萬年的記憶。那時，天地幽凝初醒，盤古創世，星序迷航，在天神爭戰中，靈山十巫和西王母一樣，不捨生靈掙扎，選擇了大一統的安定。神巫們採匯百藥，為殘缺的傷損生肌整骨，在死亡邊界搶活病危生命，努力匯集不同靈級的「芥子通道」，尋找更好的靈藥、開拓更安全的養護所，成為所有仙凡生老病死的寄託和傳說。

天荒時期，大家都知道「巫彭」和「巫抵」離開了靈山，結合「巫陽」、「巫履」、「巫凡」和「巫相」，穿梭在血腥戰場和荒寂土地上救人。但沒人知道的是，最偉大的上古神巫「巫咸(ㄒㄧㄢˊ)」則陪著天帝，帶著最年輕、也最有天分的「巫羅」出行，輾轉到了西山，憑藉身為神巫的敏銳，找到了最強的神域。也許是因為天地毀滅的傷痕太深，「北極星君」藉棋盤賭約，督促南極仙翁挑選所有生命物種，配對研製「原生滴」，想把千萬種原生生靈，精煉成一顆可以持續生養出無限生命的「界石」，做為傾天覆地後的世界種子。

「界石」的研究失敗了，但是，他們找到新的方法：天帝積石煉水，以石門做分界，靠著上古神能的協助，把最豐沛的上古源礦和靈石，全都集中在同一個據點，神巫終於可以在最殘酷的死亡痛楚中，盡力於這個與世隔絕的靈域，育養全天下的萬物生靈。

巫咸隨著天帝離開後，只剩下巫羅，獨自帶著所有夥伴對他的期待，保全最簡單、也最寧靜的生機，讓所有消逝的朋友和敵人，都能看見他們共同期待的盛世歡喜。「軒轅丘」的命名，是巫羅為了提醒自己，在遙望天帝時，永遠不要忘記「盛世太平」的理想；「積石山」則是他一天又一天、一年又一年、千萬年又千萬年，對靈山的想念，以及在一長串生老病死的失落中，積石、壘願而成，無止盡的堅持和嘗試。

巫力和神能法術不同，神仙修煉可以無中生有，巫術卻是一種必須永遠保持專注的能量平衡。隨著漫長歲月的流逝，上古靈能慢慢稀釋，從很久以前，王母娘娘就發現積石山的崩頹危機，特別帶著阿狡來找過巫羅。她提醒他，這場盛世太平的美夢，終將消歇，他所有的努力，就像當年「界石」的研究一樣，到最後不過就是鏡花水月。這巫羅怎麼會不明白呢？只是，他忘不了上神的託付、神巫團的期許，也捨不下這漫長歲月的守護。王母娘娘嘆了口氣，吩咐阿狡，傾全力協助巫羅延緩這座山的全面崩毀。

自上古時天地初開，這一路不知道有多少驚世的天才神能，拼卻了一切，努力想多做一點點、再多做一點點，卻還是抵不住萬事萬物「成住壞空」的循環流轉。站在長乘身邊，巫羅想起王母娘娘曾經種下的一整片楓樹林；贏母山缺水，他知道楓樹林活不久，特地到宋山收集和楓樹林相互依存的「育蛇」，回積石山大量培育，並在楓林乾

死前，接引出楓樹裡王母的靈能，小心養護在育蛇的靈命裡。

他身上的脈輪光轉至「喉輪」，在耀眼的銀藍中，泛出生機燦爛的嫩綠，所有的育蛇都被放出來了！紅色的小靈蛇，溫柔的流轉著，像下了一場充滿祝福的紅雨，彷彿有千言萬語，流淌在漫天的芥子村裡，慢慢滲入所有生靈的心。崩裂的土地慢慢癒合，一棵又一棵的楓樹，帶著王母的靈能，像魔術般迅速竄長出來；一片又一片紅葉，低吟輕唱著每一個生靈的故事、每一件往事的悲傷和眷戀，那些楓葉吟詠著大家依存過、也失落過的，每一塊土地的詩。大家在各自記憶的召魂中，同時流下了眼淚。生命有諸多磨難，無論再大的痛苦，都是為了讓我們走到最後，領略出屬於自己的甜美。

巫羅的「眉心輪」綻放出溫暖的黃光，隱隱閃現的深藍光澤，逐漸透出近於紫色的奧祕。他在遞送他全部的創造能量，要留給積石山所有的生靈，讓他們用自己的力量，重新整頓家園。最後，他的「頂輪」開出千瓣蓮花，以紫色為主調，環繞著七彩，巫靈散進天地，這樣輕、這樣柔，引領著星群，一區又一區的脫離了時空漩渦，從晦暗回到鮮活，匯進早已準備好的星河通道，從下而上，明亮璀璨的流向天際。

接下來，巫羅閉上眼睛。這輩子摯愛的積石山會如何艱難重建，他已經看不到了。

7 愛重建，天地暖

星辰激撞、山川更迭的積石山，宛如經歷天劫，除了遍地楓林，天地之氣和五行之精，都在一切摧毀之後重新凝煉，整個世界像個年輕的孩子，無止盡的重組、成形。失去家園的各級生靈，隨著全面崩裂中的相依為命，透過新的家庭組合，慢慢拼組、互補，增生出鮮活的生命力。

綠怡找到小石子，重建靈心樓，卻發現大楊柳樹不在了，一整排楓樹林成為嶄新的風景。為了讓小石子重溫家的味道，她開始學做饅頭。這個在綠衣谷深受尊敬的靈心師姊，想代替巫羅守護這個孩子，即使被惡整了半年多，也從沒對他說過惡言；但小石子還是不高興，總別過頭去生悶氣：「哼！這不是我媽做的味道。」

「不是媽媽的味道？那就別吃！」綠蔓看不不去，拎起小石子的耳朵，沿著破碎的石子路走去，一邊要他好好看看那些匍匐在地上、斷肢殘臂卻仍在掙扎求生的生靈，一邊指著路旁一個又一個殘破的棚子。她放手丟下他，冷冰冰的問：「反正啊！我師姊也做不出什麼好饅頭，你就住這吧？還是那？隨你！你喜歡住哪就住！明天，我們要就回家了。」

看到綠蔓竟然獨自瀟瀟灑灑的逛回來，綠怡心都快碎了：「小石子呢？你把他丟哪啦？」

「師姊啊！不是我愛說你，在我們綠衣谷，你是個多麼冰雪聰明的超級偶像啊！怎麼一看到那小子，就變傻啦？」綠蔓板著臉說：

「別覺得他很可憐，就只知道慣著他。愈可憐的孩子愈需要好好教養，總有一天，他得靠自己活下去。我告訴你，天一黑，包準他爬回來。」

果然，天還沒黑，小石子就灰頭土臉的回到家。他一進門就繃著一張臉，坐上餐桌大呼小叫：「我餓啦！吃什麼啊？」

「是啊！你說，吃什麼呢？」綠蔓走出來，小石子嚇得從板凳上彈起來，驚慌失措的往後退。綠蔓繼續笑咪咪的坐近：「我師姊回家了。你放心，我們不會丟下你，從現在開始，換我來照顧你。」

「我不要！我想綠怡姊姊。」小石子一臉倔強。綠蔓淡淡說：「喲，這下子又想起綠怡『姊姊』啦？我看啊，你也不像個弟弟，簡直把我們心愛的師姊當仇人看。」

「你不是要照顧我嗎？」看著綠蔓這種皮笑肉不笑的說話方式，

小石子愈看愈毛骨悚然，很快變乖，改採取裝可憐的「萌」攻勢，扮了個可愛的鬼臉陪笑：「我餓了。」

「你總知道媽媽做的味道是什麼吧？去，做幾個饅頭吃。」綠蔓隨手拿出香噴噴的「鮮絆嘴」，呼嚕吧唧的吃起來，還輕鬆的聳聳肩：「動作快一點！要不然你餓扁，我可不管喔。」

「我想媽媽。」小石子又氣又餓，吸吸鼻子，眼睛紅了起來。剛開始只是假裝，慢慢的，他愈想愈傷心，忍不住大哭：「我想媽媽，我想家，我想、想綠怡姊姊……」

躲在一旁止不住擔心的綠怡，急著要衝出來，綠蔓向小葉做了手勢，小葉立刻拋出透明小芥子罩住綠怡，攔住她，免得讓綠蔓的苦心功虧一匱。果然，小石子哭啊哭的，哭到累了，真的乖乖去揉麵團、蒸饅頭，並且因應綠蔓一路提問，回想和媽媽相依為命的往事：媽咪

最喜歡自己的胡思亂想，小石子記得，媽咪曾經把他畫的神獸做成「饅頭樂園」；知道綠怡姊姊喜歡花，他和媽咪也做了很多花饅頭；有時候，媽咪累得睡著了，他還會接著做各種不同顏色和形狀的「小石子饅頭」，媽咪看到總笑瞇了眼睛說：「好漂亮！」

聽著聽著，綠蔓紅了眼眶：「你真幸運！有這麼多故事可以回想。你知道嗎？我是個孤兒，沒有家，也沒看過媽媽。」

「別難過。」綠怡總算掙脫芥子的綑縛，走出來，心疼的摟住綠蔓，撫著她的髮鬢輕輕說：「我們都是孤兒，但是，我們怎麼會沒有家呢？綠衣谷，就是我們的家啊！」

「綠怡姊姊！太好了，你沒走！」小石子抱住她，大顆大顆的眼淚滾下來：「太好了，你還在，謝謝你還在……」

「當然，我一直都在。」綠怡說著，眼底浮起那個溫柔撫琴的少年，不老不朽，就這樣守護了千萬年，直到再愛、再難捨，終究也不在了。她在心裡嘆一口氣，眼睛浮出水霧。

綠蔓從綠怡身邊拉開小石子，看著他的眼睛，認真交代：「小石子，你聽我說，綠怡姊姊還有很多事需要她去做。她愛你，真的，我相信她願意一直陪著你。可是，你願意讓她辜負其他人，什麼事都做不了，只在這裡陪你嗎？」

小石子說不出話，不搖頭，也不點頭。小葉蹲下來，摸摸他的頭髮說：「我也是個孤兒，從沒看過爸爸、媽媽，好不容易有個家，卻也跟你一樣，來不及好好珍惜，就失去了最愛我、後來才知道她也是我最愛的人。所以，我要學會好好照顧自己，像她一樣，去愛更多的人。你也會和我一樣，繼續努力下去，對不對？」

小石子沒說話，只是一直流淚。過了一會，他回頭抱住綠怡：

「姊姊，我會好好照顧自己，也會做出世界第一好吃的饅頭，讓大家都吃到媽媽的味道！你放心，我會好好長大，長大後就去看你。」

「巫羅，你看到了嗎？」綠怡仰首望向無邊蒼穹，腦子裡迴盪著乾淨清澈的琴聲，輕輕在心裡嘆：「也許，以後的積石山會變得和你想的不一樣，再沒有風調雨順，也沒有心想事成。但是，你愛了一輩子的萬有生靈，都會用自己的方法，慢慢重建。」

她知道小石子來自靈山，沾有上古神能，可能會活得比她們這些普通仙靈還要久，但仍有點難捨。綠蔓和小葉輪流勸她，只有放手，小石子才能好好長大。回家路上，小葉看到那一夜她搶救下來的小鮹魚靠在岸上，愣愣的玩著手上的烏桕葉子，忍不住問：「你怎麼還沒回家呢？」

「我在等你，想問你，這是什麼葉子？」小鮹魚熱情的拿出童年時山神送他的《寤寐書》，回映出他躲在封印山洞裡的童年影像，給三位綠衣仙靈看。影像中，有一對淘氣的山羊雙胞胎，跟著巧手的父親，為母親打造出一支烏柏葉形金步搖。小葉心口湧出一陣暖，刺指滴血，也為小鮹魚鍛鑄出帶著烏柏婆婆神能的「葉凝影髮釵」，輕輕遞出祝福：「要好好收藏喔！我們這一輩子，無論身世如何飄搖，只要保存了一些念想，無邊天地，就會慢慢在我們的生命裡暖起來。」

綠芽，苦澀又甜蜜的成長

1 愛無悔

回溯混亂蒙昧的原始太初，經過各級生靈各種的摯愛和貪婪、競爭和合作，以及來自不同面向的努力和奮鬥，有的有效，有的徒勞……

天地悠悠，千百年又千百年的歲月如風，所有的翻騰哀喜，輕輕拂了過去，流光捲走一切，無論我們記得或不記得，時間不會為誰停留。就像積石山的重建，集結了眾上神的聯手協助，僅用了兩、三千年，就恢復了以前巫羅創建的無限靈氣，萬有存在，各自找到嶄新的生機。

自從巫羅在時空漩渦裡散盡巫靈，化成千萬光點，引領著億萬星力旋進太古星河後，強大的靈能不斷在積石山擴散。小石子吸足靈力，拂盡蒙昧，經過幾千年的淨洗，慢慢找回來自上古靈山的神石靈識，真的長大了！可惜，最捨不得他的巫羅看不到了。

一如天地開創時的太平雛形，大部分的太初遠古神，回望失去的夥伴和可敬的對手，都帶著說不出的惆悵，各自散逸在鴻蒙大荒、遠遁在無限星辰間，很少再聽過他們的消息，只留下對生靈仍懷有責任和眷戀的天神，繼續守護著天地各界。陸吾的崑崙集團，維持了大部分的秩序；他訓練出來的小總管開明，從最初的淘氣、瘋狂和熱情，隨著經歷累積，設想的角度變得多元，考慮的層面也愈來愈寬闊，慢慢養成一點點「負責」、「低調」、「守護於無形」的「陸吾氣質」；倒是上古的「靈山十巫」，和那些遠逝的上神一樣，成為神祕傳說；倒是崑崙山上的巫陽和巫相，時不時配合著開明各種奇思異想，成為小有名氣的「開明六巫」；王母娘娘駐守在崑崙山的「瑤池聖境」，和阿狡全力訓練出來的玉山仙靈，掌管天刑，成為各級生靈的依賴，只要王母在，大家就相信，這世間所有的貪婪擴張都會受到制約，大半的悲苦哀憐，也都能得到救贖和庇護。

喜歡自由的「英招」，好像故意和老朋友陸吾唱反調似的，對這愈來愈有秩序的新世界，帶有一些叛逆和破壞心理，常丟出一些小意外，讓生靈界在混亂失措中，滋長出更多有趣又有滋味的生機燦爛；「百花仙子」的四季繁華，則是天地間最美的點綴。小山神「吉羊（ㄒㄧㄤˊ）」在護生山打造出「如意旅棧」，引領出旅行、對談、交換靈識神能的生活風潮；就連阿狡、阿猙、阿狕、青鳥、畢方、傲徆……這些神獸靈禽，也都各自開展出一個又一個動人的生命故事。

只有小石子不想長大，活了幾千年，還固執的守在和綠怡相識的那幾年。他的壽命承接上古，有用不完的時間可以蒐集當年的雲石碎片，精心煉製，重建靈心樓；接著又找出和當年一樣的各色小野花種子，撒在樓前，剷除窗外的紅楓後，更重新種了棵大楊柳樹。飄飛的嫩芽青青，葉子落盡時的乾枯枝條，垂在他心裡，陪他盼著總有一天，最想念的人會回來。

記得當年，靈能一恢復，他做了一大籃又一大籃花饅頭，到玉山綠衣谷找綠怡姊姊！綠怡在「文淵盟府」辦了個餐會，招待所有的綠衣仙靈，大家繞在小石子身邊，摸著他的頭連聲驚嘆：「小弟弟好可愛！」轉來轉去都是歡鬧喧囂的大姊姊，害他連單獨和綠怡姊姊說句話都沒辦法。那是他第一次、也是最後一次見到綠怡姊姊，此後就不斷聽說，她漂泊天涯，再也不曾回玉山。只剩下他，獨自留在靈心樓畫畫，畫的每一幅都是他和綠怡姊姊的簡單日常，他想託綠衣仙靈送去給她，可惜，誰都不知道她在哪裡。小石子只能收藏著一櫃又一櫃的畫，不斷腐朽後又不斷完成補上，成為始終不曾真正實現的生活日記。

他始終以孩子的靈軀，靜靜在積石山等著她。綠蔓不放心，常常來看他，直到幾千年後，小葉送來綠蔓特別為他準備的「鮮絆嘴」，他含咬在嘴裡，又苦又熱又燙，酸澀的滋味湧上來，像積石山天崩地毀的那一夜，漫天星火，所有他相信的一切都在瞬間崩解。他吞不得、吐不能，只黏在喉間卡著、刺著、疼著，讓人不由自主的心痛。小石子的眼淚滾下，打溼了前襟又慢慢收乾，隔了好久才啞聲問：

「綠蔓姊姊走了？」

「是啊！」小葉的眼神飄向遠方，藏著無限思念。最後，她決定不再隱瞞小石子，直視著他的眼睛說：「綠怡師姊走得更早，你應該早就猜到了吧？」

當年巫羅離開，綠怡長夜怔忡，一日比一日更憔悴。她的腦子裡，總迴旋著一抹撫琴少年單薄的身影，以及在靈識匯竄時，留在她神識裡的記憶。那千萬年來的寂寞故事讓她心碎，阿狡看不下去，央求王母娘娘協助，再加上傲個在三危山建立起來的信息網絡，鋪天蓋地追索出靈山的線索，大家聯手為她打開各種巫靈禁制和上古結界，助她踏進靈山。

她站在渾樸寬闊的天地間，神識緩緩散逸，讓巫羅堅持千萬年的努力，在神巫的靈識間展開，總算，他所有的記憶和眷戀，回到了從小到大成長的土地。綠怡站在原地，身形跟著化成水霧，一點一滴，融成無限戀慕和疼惜，毫無保留的跟著巫羅，一縷又一縷的飄飛。他

衰』，花冠萎謝、衣著塵埃、汗出臭穢、行坐不安……總有說不出的憾恨。如果有一種美，像綠怡師姊，讓人看得驚心動魄，多好！宛如心願已了，生命經歷的一切都值得了。」

「心願已了。」小石子有點失神，竟沒注意到自己堅持凝形的孩童骨節鬆開，轉瞬長成了身形纖細的少年，肌膚如嬰孩、髮絲如白雪，只在恍惚間自問：「為什麼？她的心願，怎麼可能沒有我……」

看到小石子一瞬長大，小葉愣住了。他好高啊！再想揉揉他的亂髮，都搆不著了。她有點遺憾、也有點歡喜，忍不住問：「小石子，你真正想過的是什麼樣的一生呢？」

「想過的一生？」小石子有點迷茫：「陪在綠怡姊姊身邊做饅頭吧！等她，就是我這輩子唯一的心願。」

「是嗎？」小葉仰首，看著宛如鋪排在她面前的未來，靜靜回想：「曾經，我和你一樣，在失去摯愛時，只盼著躲起來，不要看、不要想，以為這樣就可以抱著一點點飄渺的希望，一定、一定能等到她回來。但是啊，我看過的生老病死太多了，忍不住還是會想，無論我們所愛的人是不是在我們身邊，他們到底希望我們怎麼活下去呢？」

「是啊！我不能繼續在靈心樓等待。但我要怎麼活下去呢？」小石子愈來愈迷惑，小葉反而笑了：「嗯，太好了！至少現在，你知道不能再繼續等下去。」

「你的標準很低耶！」小石子長高了，不過心智並沒有成熟多少，還是像孩子一樣淘氣，竟在小葉額頭上彈了個栗爆。小葉大叫：「臭小子，我是你姊耶！怎麼變得這麼沒禮貌？」

他們兩個不顧一切的打起來。小葉平常都在鑽研芥子村，小石子

只會做饅頭和畫畫，彼此都沒有「作戰」經驗，只能拳打腳踢，在對方身上抓出血痕。小葉在近身搏擊時，把小石子雪白的長髮綁在桌腳，趁他拖起桌子一甩、就要砸過來時，迅速躲進芥子村隱形；小石子聚起靈力，鎖定位置，掄起拳頭狂擊，直到滿手鮮血，打破了芥子魔法。小葉摔了出來，跟著也跌破前額，血流了下來，他們才終於停止，背靠著背猛喘氣。啊，原來流血比流淚更痛快！

失去綠怡和綠蔓的悲傷，一下子被沖淡了。小石子站起身，伸手拉起小葉：「起來！做饅頭了。」

他們聯手做了一大籃又一大籃各色的花饅頭，在反覆揉著麵團的香氣裡，讓人安心的味道，慢慢飄了出來。在離開靈心樓前，他們一起在綠衣谷的「文淵盟府」辦了餐會，所有的綠衣仙靈都來了，大家看著長高的小石子連聲驚嘆，好多溫暖的往事浮出來，每個仙靈都延續著綠怡對他的關心：「接下來，你想做什麼呢？」

「到靈山看看吧！畢竟，我來自靈山，綠怡姊姊也還在那裡。」小石子一說，小葉就急著問：「你知道靈山在哪裡？」

「我有靈息啊！」小石子驕傲的一仰首：「只要釋出一點點，靈息就會帶我回到最熟悉的地方。」

「帶我去，帶我去！」小葉開心極了：「我也想看看綠怡師姊最後的魂識。」

他們完全不知道當年綠怡尋找靈山時有多艱難，只天真的跟著靈息，來到十分熱鬧的人間市集。小葉有點擔心：「靈山真的在這個方向嗎？我們好像闖入凡間了耶！沒有報備，可以嗎？」

「靈山也可能藏在凡間吧？不這樣，如何顯出它的撲朔迷離？」小石子自己也不確定，只是半信半疑的跟著靈息。他凝神辨識，一會又開心起來：「就是這！前方有我非常熟悉的香氣，就像，家的味道。」

「你看！」小葉手一指，他們費盡千辛萬苦走了這麼遠的路，這來自靈山的上古靈息，最後竟帶他們找到了最熟悉的家常味道。小石子看著在風中飄搖的布條，突然定住，臉都黑了，不敢相信的念著上面的字：「大，將，軍，饅頭店？怎麼會是饅頭店？」

「沒錯！你的靈息，最熟悉的就是饅頭香。」小葉拉著他坐下，笑得眉眼都彎了：「我想啊，你根本不記得靈山是什麼味道了。既然來了，乾脆吃個饅頭，研究一下凡人做的饅頭，有什麼特別的？」

「小饅頭就小饅頭，叫什麼『大將軍』！」小石子冷哼一聲，忍不住踢了布條的立桿一腳，發洩一下壞心情。饅頭店老闆立刻出現，扶正立桿，笑咪咪的應：「客倌，遠地來的吧？這你們可就不知道了。我們這裡啊！排場最佳的消遣場所，就是到『小蝶茶館』聽說書。那茶館可厲害啦！各地都有連鎖店，無論選在任何地方開店，附近就跟著熱鬧起來。而且凡是有『小蝶茶館』的地方，附近就會出現很多『大將軍』，什麼大將軍飯館、大將軍酒店，更別說到處都是我們這種大將軍小吃攤啦！」

「這……」小石子還沒出聲，小葉已經搶著問：「大將軍和小蝶有什麼關係呢？」

老闆下巴輕輕一抬，示意小石子和小葉看看對面，他們兩個立刻打包饅頭，開開心心趕到「小蝶茶館」聽說書、湊熱鬧。

3 新世界

「小蝶茶館」節目很多，最熱門的說書節目叫「隨風大將軍」：傳說啊！從前從前，寂寞了很久很久的大將軍「葉隨風」，遇見了茶館姑娘「小蝶」，他們感情好，心地又善良，一起照顧著好多孤兒，直到恐怖的「九蛇大人」摧毀茶館、燒了小蝶，還殺了所有的孤兒。後來，大將軍帶領大家反抗暴政，終於建立了美好安定的新世界……

一直到離開茶館，小葉還是拼命掉著眼淚，腦子裡只旋繞著小蝶蕩氣迴腸的歌聲：「急呀急的你，急到哪兒去？如果黑暗的世界讓你不安，聞聞這花香；如果瘋狂的風雨讓你不滿，想想溫暖的家鄉。得意洋洋啊風風火火的你，又將飛到哪兒去？」

「別哭啦！這世界上，誰不可憐呢？」小石子對著涕泣不休的小葉說，心情有點無奈。他還不想長大，怎麼忽然間就得提早學會「安慰別人」？不得已，他伸出手，模仿著綠衣仙靈們以前安慰他的手勢，揉亂小葉的髮，「假裝」自己很懂事：「你不是說過嗎？有一種美讓人驚心動魄，多好！心願已了，生命經歷的一切都值得了。小蝶的心願就是讓隨風開心啊！世界安好，你說，大將軍開不開心？」

「嗯，開心。」小葉點點頭，一會兒又指著茶館門口的推薦海報：「我還要聽『離岸依依』。」

坐在茶館裡，他們啃著大將軍饅頭，聽著大孩子「楊岸」從火堆裡爬出來，領著更多小小孩掙扎求生的故事。亂世飄零，人人身如楊柳，而他是大家的岸，為了更美好的未來，他和大家一起逆風搏鬥。

最淒美的高潮是，楊岸最心愛的女孩「依依」，在大戰前為保護他而死。大戰結束後，天下重建，楊岸在覆蓋依依的土坡上，抓了一把泥土，裝在冰晶小瓶裡，繞遍天涯海角，直到他發現這些沙土因為強烈的思念靈力，通幽冥、逆天網，移轉到樂遊山越西四百里的一座小山，一時，帶給大家永生的希望，所有的人都相信，總有一天，我們會在遙遠的另一個世界，和最愛的人重逢。

「好美啊！」小石子聽得很入迷，在楊岸的故事裡流著自己的眼淚。他也想和綠怡姊姊在彼岸相遇啊！可是，靈山到底在哪裡呢？該怎麼找到覆蓋她的泥土？這一想，換他哭得唏哩嘩啦。別看他身體抽高了，內心還是個孩子，一邊擦著眼淚，一邊哽咽著聲音：「我們多住幾天吧！把所有的故事都聽完。」

「奇怪，樂遊山……這名字好熟啊！」小葉好像沒聽到小石子的提議，自顧自的猜測：「這些故事，說的是不是我們生活的西山山脈？」

「是嗎？」小石子愣了一下，也是半信半疑：「嗯，該不會這些故事都是真的吧？」

「我在『文淵盟府』的筆記裡看過，楊岸好像就是『相柳』的兒子，『羊過』轉生的耶！」小葉皺著眉開始想：「你想啊，綠衣谷在玉山，往西是軒轅丘、積石山；往東越過天神長乘的嬴母山後，樂遊山以西，不就是從流沙裡長出來的那座護生山嗎？會不會，那就是所有魂魄重聚相守的地方？」

「是嗎？走，去看看！」小石子一聽，眼睛都發亮了！不管什麼靈息、靈山了，拉起小葉，根本沒想要在凡間遮掩行跡，立刻騰身飛起，只留下茶館和饅頭店的人們反覆驚嘆：「仙人啊！」

過沒多久，「大將軍饅頭店」就改名叫「仙人饅頭」；「小蝶茶館」

跟著也推出了全新的「饅頭仙侶」浪漫傳奇戲碼。天地各界總是這樣，有人沉溺悲傷，也有人勇於面對現實，不斷向前走去。飽受戰火煎熬的凡間土地，即使沒有神能、靈力，只要撐過戰亂，乾涸的土地也會慢慢長出大樹；青色的嫩芽，滋潤著暗夜的疼痛；平凡的滋味，撫平了傷慟勞瘁……不知不覺，所有的生機都埋在生生不息的經濟活絡中，慢慢靠近平安喜樂的新希望。

完全沒想到自己也變成傳奇故事的小葉和小石子，剛越過嬴母山，遠遠的，就看到一位白髮老人疾飛近前，一路大聲喊：「小葉姊姊，你怎麼來啦？」

小葉嚇了一跳，這人到底是誰？老人看她一臉茫然，立刻翻了個身，筆直落進湖裡，化成一隻長著四隻腳、右鰭帶著晶黃傷痕的鯛魚，又從水面躍上岸，在半空中轉了個圈後落下，映著水珠，微光聚

「我不信，我不信！」小石子哭得心碎：「她才認識巫羅一個晚上耶！我都給她送多少年的饅頭了，她怎麼可能不喜歡我？」

「懶得跟你說。」小葉走了，小石子的傷心只有自己才在乎，平安也趁著他大哭時悄悄溜走。這陣子，護生山的新舊住民都好忙，大夥兒同心協力為一直照顧大家的「釀兒」蓋了新居，藉著新居落成的名義操辦盛宴，順便檢視一下「護生山」的名氣和魅力。沒想到，從各地來的客人太多了，住民們都得自動自發騰出地方來接待客人，忙得不得了！平安正是怕有人藉機生事，擴大巡邏警戒的範圍，才提早發現了小葉和小石子。他這時特別慶幸，幸好有及時把小石子攔在「平安居」，要是當時沒發現，讓他跑到「如意旅棧」去騷擾住客，不知道要替釀兒添多少麻煩呢！

打從「如意旅棧」開張後，全靠釀兒精心打點，一些本來只是偶然路過的旅客，慢慢的將旅棧的口碑傳了出去，無論是想瀟灑遊歷、傷心避世，或者是在逃躲世仇的生靈，都喜歡躲到這裡，享受前所未有的溫暖和自在。離開時還能收到釀兒手作的小禮物，像是鮮花、好酒、靈石、異寶等；一些面臨敵人追殺的住客，更能得到珍貴的救命法器。旅棧的「梅」、「杏」、「桃」、「榴」、「荷」、「葵」、「桂」、「菊」八個小苑的空房，很快就約滿了；但是，釀兒特別留下「牡丹」、「芙蓉」、「山茶」和「水仙」四個小苑不給預約，只為臨時歇腳的旅客提供服務，她反覆提醒夥伴們：「旅棧的存在意義，本來就是為了讓一時不方便的生靈，安心停留。」

「如意旅棧」的短暫駐留，成為護生山實驗性的「生活體驗」，無論是旅行或試住，大家愈來愈喜歡這個舒適的嶄新生活圈。這片西山特區天靈地秀，除了崑崙山上神群聚之外，玉山有王母娘娘，鍾山有燭龍血脈，嬴母山有天神長乘，積石山埋藏著神祕萬有，還有長留山、章莪山、符惕山、三危山、騩山、天山、泑山、翼望山……各自盤據著天威莫測的天神、靈獸；只有吉羊和釀兒聯手打造的護生山，住民最簡單，藉由「扶生」的大愛、「羞娘」的潤澤、人們的愛和想念，以及無邊無涯的成全和溫柔，日積月累，慢慢蘊養出絕美的花葉四季。遷居到這裡的各級生靈愈來愈多，無論階級高低、靈力好壞，大家都共享著風晴雨雪的美好生活。

一起生活久了，吉羊才發現，釀兒原來是從姑媱山移植出來的「䔄草」，凝聚百花菁華，慢慢成形。在遙遠的洪荒時期，天帝的女兒夭亡，魂魄化成䔄草，葉子重重疊疊，層層透出光澤，開著黃花，果實如菟絲子，精緻小巧的果尖，不只看起來芬馥可喜，誰要是吃了這果子，還可以得到「人見人愛」的神能。當年的英招年輕氣盛，竟挪用驚天神能來偷盜仙草，瞞著天帝，悄悄移植一小株蓂草，準備送給百花仙子當賀壽禮。沒想到，當場被天帝逮住，他還瀟灑脫的笑說：「偷都偷了，隨你罰吧！反正啊，這種絕美的仙草，就適合送給絕美的仙靈。」

「瞧你還得意的呢……」天帝沒有懲處他，只是搖頭一笑，說得別有感慨：「送你吧！開心就好。絕美啊，從不專屬於誰。」

億萬年過去了，英招才發現，天帝的預言就是天機。絕美從不專屬於誰，也絕不懂得妥協。不知道有多少生靈羨慕他和百花仙子這對夢幻仙侶，卻沒人知道，他們都是同類，以天地為旅途，誰也不會為誰放棄自己。億萬年以來，他們相知、相惜，在災難時相互支撐，在必要時彼此成全，但是，直到最後，誰也不曾為誰停留。

百花仙子收下蓂草，卻從沒打算培育成仙果，人見人愛，不是她的生命追尋，她只喜歡百花自在，讓各種美麗妝點著不一樣的人間。她悄悄收集英招的血滴，澆灌蓇草，再揉進幾千種近千年的花露菁華，直到小草凝神為「釀兒」，最後又耗盡心思，收她為徒，用幾千年的歲月，教會她各種讀心神能，理解不同心性，珍惜天地安好。也許因為血脈相繫的天性，向來自由來去的英招，也常帶著釀兒四處遊歷，像照護自己的女兒一樣，讓她看遍天地，理解我們都不需要為「人見人愛」活著，只須竭盡所能，為身邊所有的生靈釀造祝福。

讓釀兒留在「如意旅棧」，完成了英招和百花仙子的共同心願，既能償還對扶生的無限感謝，為吉羊這個小山神打點未來，也圓滿了自己從沒說出口的遺憾。他們自以為選擇了一輩子的如意，卻常常在深夜獨處時悵然想起，怎麼沒為彼此留下更多一點時間，好好相守呢？

5 想變好

「如意」走過四野八荒，入夜時就透過「如意鏡」，看看遠端帶著「吉羊符」的每一個朋友。「欽原」和「土螻(ㄌㄡˊ)」跟著白澤，陪伴著慢慢長大的小蛇人，那幾個孩子長大後和燭龍玩在一起，讓早被遺忘在時間長河的上古天神，新生出無限歡喜；滿臉落腮鬍的羊過，遮掩了過去的俊秀，即使一次又一次失落，仍不計風塵疲憊，堅定的抱著希望前行；頑皮的開明，只要在公眾聚會中露面，總把陸吾的神情和動作，模仿得維妙維肖，以至於大家愈來愈搞不清楚，大總管是九頭還是九尾？九尾的，到底是不是小總管？開明其實就是陸吾嗎？會不會無論九頭或九尾，都只是大總管無上神能的化身呢？

而其中讓他看得最興味盎然的，當然就是吉羊囉！他和這個雙胞胎哥哥從小到大黏在一起，知道他驕傲、自負、絕頂聰明，總以為自己是天地的核心，無論到哪裡，永遠堅持做最亮眼的主角。直到跟著阿狡到玉山進行山神訓練，第一堂課就摔斷了角，才慢慢學會「放下自己」；沒想到，和釀兒一起打理「如意旅棧」後，表面上看，她是他的幫手，實際上，如意從沒看過哥哥這樣忐忑，每件事都怕自己做不好。

像看戲一般，每個晚上，他都「考察」得很開心。吉羊卸下「揹著一座山」的責任和悲哀，放開父神和相柳的糾纏，掙脫長期以來的負擔，張望神獸樂園以外更寬闊的世界，理解更多元的生靈追尋，甚至也接受了像三隻青鳥那樣，無所事事的快樂。可惜，「如意鏡」只能窺影，無法傳聲，否則如意好想大聲喊：「哎呀呀，這可真是大消息啊！吉羊，你還沒發現嗎？我們會遇到一個很特別的人，什麼話都想和他說、什麼事都想和他一起做，一和他分開就不安、難過，和他在一起就快樂，總想花更多的時間在一起。更重要的是，我們會拼卻一切想要變好，努力做一個『更好的人』。」

如意愈看愈心急，偏偏他遠在天涯，連個說話的對象都沒有。他開始好奇，帝江到底是怎麼製造出「留聲雲」的呢？如果結合「如意鏡」和「留聲雲」，是不是就能「千里傳音」？這一想，他恨不得立刻到天山找個學院註冊。傳說，天山能人輩出，什麼研究都有，如果讓他找到同好，一起鑽研個幾年，絕對有辦法做出「傳聲如意鏡」！

就在他急急忙忙打包、準備去天山時，忽然又想起，天山吸引了這麼多喜歡學習的各界生靈，一去肯定得好好待上幾百年。這讓他有點遲疑，很快又改變主意——還是先回家好了！一想到「家」，如意腦中最先浮出來的，就是開明的深藍溶穴、蔬果拼組的絕美星星樹、吉羊的生日、好玩的闖關遊戲，與那抹遠遠的、寂寞的影子……

羊過的形影一跳出來，他就轉彎趕到三危山，拜託儆徆用「最急件」替他寄送封印玉簡。之後，如意每天盯著如意鏡，坐立難安的等著羊過解封玉簡，終於看到龐雜的信息衝出封印，瞬間吞沒了羊過的神識，震得他連退了幾步，開口就罵：「什麼東西啊！如意怎麼這麼多話？」

如意哈哈大笑，心情特別好。他們在童蒙時，分別躺在綠幽藺和翡翠蜈蚣燈裡，被王母娘娘送到珠列島鍊中的暗流「荒墟」裡，沉入深邃的綠幽靈水晶簇，吸收天地靈能，經過千萬年的淨化，紓怨、卸苦。而後在白澤的教養和開明的陪伴下，因為羊過這亦敵亦友的獨特存在，他們彼此對抗、糾纏，一起歷經生命裡每一個重要的轉彎，最後才培養出開闊的胸襟和共同的悲願。他很喜歡這個世界上，還有這樣可以「一起變好」的朋友。

釀兒的新居落成，隨著旅棧行客的輾轉傳説，成為自由仙靈們爭相宣傳的大事，誰都想送點小禮物，來表達對她的惦念和感謝。但儘管護生山再熱鬧，羊過都不放在心上；只有透過「如意鏡」看著吉羊一路改變的如意，才知道「釀兒成家」是吉羊的大事，希望羊過不要錯過。

如意鉅細靡遺，先從他強大的父神講起：扶生志在庇護天下眾生，雷劫時，母神一族耗盡靈力救了他，他就以毫無保留的甜寵呵護回報一生，以至於母神最後只能依附著父神，無法自己活下來。這樣的愛和絕望，讓吉羊拼命想要壯大自己，卻又深深畏懼著愛的綑縛。

接著又換到另一個角度，從釀兒陪在百花仙子身邊，看遍這兩、三千年的寂寞和等待，開始分析起英招和百花仙子，他們都深怕失去自己，也害怕成為對方的負擔。最後，如意才認真表態，說他這個哥哥啊，什麼都好，就是死愛面子、不肯服輸，其實心裡以羊過為標竿，知道自己百般不如，但又試著要樣樣超越，這才表現得愈來愈好！

羊過看到這裡，微皺著眉，如意憋著笑，想也知道，他現在心裡一定在想：「寫這什麼亂七八糟的東西？吉羊看了，定要揍他一頓！」

哈哈，如意還真的不怕！吉羊怎麼可能看到他的這些胡說八道？玉簡早就動過手腳，經羊過的神識掃過後，不久就會碎成玉屑，什麼都不剩。反正啊，他就是打定主意，先說好話，勸住這個偏執狂，暫時放下為依依找女媧石的執念，回來和大家聚一聚。然後再回到正題，開始爆料說他哥啊，自從和釀兒一起生活後，簡直變了一個樣，變得謙虛、溫暖，你說，這還像吉羊嗎？……

他就這樣岔來岔去，不時加上想像、眉批，最終總算說清楚：吉羊好不容易說服釀兒定居護生山，在那擁有自己的房子、自己的志業，不要像他母神那樣成為附屬；彼此又能住得近，隨時往返照應，不像英招和百花仙子那樣離散。如意對自己的收尾非常得意：「『同心而離居，相望不相親』，這詩寫得好吧？哈哈，釀兒成家，等於是我哥成家，你一定、一定要回來喝杯喜酒喔！」

「寫這什麼亂七八糟的！」羊過看著玉簡碎為玉屑，只說了句：

「如意還是這麼多話。」

「就這樣？」如意大嚷大叫，可惜，如意鏡只能窺影，無法傳聲，他在遠遠的另一端，無效的大吼：「到底回不回來？給句話啊！你給句話……」

6 靈能石

各級上神送來各種賀禮後，怕年輕世代玩鬧得不自在，很快就離去。平安居、吉羊府和如意旅棧，全都擠滿了訪客，還有好多預約排隊、準備遷居到護生山的新住民，這一天又一天的歡會，簡直都要變成護生山嶄新的「遷居招募」了。

釀兒的家不大，可貴的是，其中的一磚、一瓦、一石、一木，都是鄰居和朋友親力親為帶來的，各級生靈藉由注入各自不同的靈力來表達祝福。屋瓦因應天候，時有清音；窗戶能轉換如畫；院中備有神奇畫皮，隨時能更換美景；灶房有各種靈童，能盡情指點成形；最有趣的是餐桌，幾乎變成來自各界生靈的「靈能競賽」，打破了空間限制，無論多少客人都坐得下；屋內天寒可保溫、日暖有涼息。就算摒棄一切靈能，簡單的屋瓦陳設，也顯得雅致可愛，院子清疏寬朗，高高低低的花叢簇簇，沿著石階大片盛開，還有各種可愛的小果實，隨時可以兜進圍裙，和大家分享。

小葉送來的禮物，造成了一陣轟動：她收集了好多橐蜚羽毛，模擬烏桕婆婆「掌心紋」的上古玄術，做了件「雷劫庇護網」，協助承接地陰的仙、靈、妖、精，撐過雷擊，順利幻形躍升。春雷一聲響，萬物潤無聲，日後護生山再遇到九重雷劫的天陽之力，也希望再不要有任何生靈，像吉羊的母族一樣殞落，或像她的母親為孩子犧牲。

如意早已為「如意旅棧」的展示大廳，製作了禁得起頑皮仙靈們嬉鬧拆卸的微縮「地靈陣」，溶進螢樹夜光後，變得堅固又漂亮！沒有人發現，他趕在宴會開始前，到門邊移植了一棵大樹。那樹看起來很普通，但到了夜裡，一小片又一小片碎葉像庭前小燈，點點螢光飛旋出溫暖光影，大家才驚嘆：「是夜螢樹！只在傳說裡聽過的神樹。」

留著一頭白髮的平安，終於見到如意，每天跟上跟下，「二哥」、「二哥」叫得很親密，連老是綴在他身邊的小石子，也跟著「二哥」、「二哥」叫個沒完。如意本來覺得有點煩，後來，平安拉著他悄悄說：「這小子曾經在星河殞落時承天接地，可能帶有女媧石的靈力喔！」立刻歡天喜地，每天運用各種實驗測試小石子，搞得他哇哇大叫，回頭纏著小葉姊姊問「什麼時候回家？」「回家了，好不好？」他愈來愈覺得，平安和如意都不懷好意，隨時隨地提高警覺，一邊防範如意靠近，一邊又防不勝防的呼號：「做什麼？你別嚇人，好不好？」

遷居宴會好熱鬧，各界生靈往返來回，喧鬧了好長一段時間，連平安都發現了，如意安靜得很反常。等了這麼久，他從沒想過，羊過真的不來了？直到賓客散去，如意失望的坐在庭院角落，連夜螢樹的微光都覺得刺眼。護生山安靜下來，微風輕輕拂過他的髮，他聽到輕響，一抬頭，看到習慣獨來獨往的羊過，竟然跟著開明和崑崙山的一大票夥伴一起出現。這下如意可開心了！急著衝過來：「過兒，過兒！你真的來了。」

「什麼？你不是在等我！」開明氣得跳到如意身上，張開九張嘴巴，使出神能，拼命亂咬一通：「死傢伙！臭傢伙！虧我這樣盡心盡力照顧你們，都忘了我是你們的監護人了，是不是？」

「救命啊！」如意拉開嗓門大喊：「我快被咬死啦，誰來救救我啊！」

「小老弟，小老弟。」吉羊慢慢踱步過來，拍了下開明，一會兒，清了清喉嚨才裝腔作勢的說：「你應該知道了吧？我們哪，可比你大上好幾千歲喔！」

「沒禮貌！禮數不可廢，還不快向監護人問好。」不知道從哪裡冒出來的土螻，神威凜然，冷著臉斥責雙胞胎。跟在他身邊的欽原，總算看到吉羊了，興奮得不得了：「師傅，師傅，我要抱抱。」

「天哪！小心一點，你有毒。」吉羊滿臉尷尬，才被土螻教訓，又被「人來瘋」欽原纏上，他交的都是些什麼樣的朋友啊？簡直要崩潰了。他轉頭偷瞄釀兒，看她噙著淺笑，只在心裡咒罵：「我是誰啊？護生山神耶！你們怎麼一點都不長進，還把我當小孩啊？」

羊過繞著護生山，設下防護陣法，並且在陣眼滴下開明的血，這是他們聯手送的禮物。當年如意還小，就懂得找開明滴血做符，濾出

「洞察萬物、預卜未來」的陸吾神能，做成「如意鏡」和「吉羊符」；現在他們都長大了，羊過的神能足以把開明血煉養出千百倍的神能，淡淡的血霧飄在空中，詭豔的微光，像電流般包覆起整座護生山。如意笑了：「洞察萬物、預卜未來，這麼強大的警戒網，包準可以護佑我哥和釀兒，百年好合、千秋萬載。」

釀兒紅起臉，吉羊這下子真的忍不住了，一巴掌打過去：「會不會講話啊！說什麼亂七八糟的。」

「我也要，我也要！」欽原跟著也要擠過來搧巴掌時，如意躲到羊過身後：「救命啊！羊過大哥，我有禮物送你喔！我知道哪裡可以找到女媧石。」

羊過臉色驟變，一下子心都揪了起來。如意和平安眼神一對上，同時轉向小石子。小石子想起打從一踏進護生山，平安就不斷問他，他算不算是女媧石，以及如意後來的一連串測試，臉色瞬間變青，顫抖著聲音問：「你們、你們想幹什麼？」

「幹什麼？」小葉心生警惕，即使她一直覺得小石子很煩，這時還是跳過來護住他：「別過來，你們到底想幹什麼？」

「我不想死啊！」小石子再傻，也想明白了。大家不是都在說要讓依依復甦，需要女媧石嗎？他嚇得快哭了：「我真的不是什麼女媧石。小葉姊姊，救我，我還沒好好活過呢！」

「別哭。」羊過人間歷劫後，氣場驚人，僅踏前一步，驚天氣勢就鎮住大家。小石子氣一屏，哭不出來了。羊過轉向如意，厲如刀割的靈力鋪天蓋地壓下，冷冷的說：「講清楚。」

平安和如意顫抖著唇，結結巴巴解釋著，小石子可能具有通天接地的星辰靈力。羊過垂眼輕問：「你們想用活靈生煉？」

「不是，真不是這樣！」如意全身發抖的回答。平安在戰鬥中走過幾千歲了，也不曾生出這樣惴惴慄慄的恐懼，只在唇齒間顫抖著：「我就是想謝謝你，感恩你為大哥成就了這一座山，總想著，想替你找回依依。」

「過兒，別怒。」吉羊吞了吞口水，再也顧不得臉紅了，尷尬的承擔起全部責任：「平安和如意這兩個笨蛋，都是我沒教好。他們其實沒惡意，就是覺得我欠你的恩情，真的太大了，說不定可以找到辦法償補。」

「深情的人，總想多找一些辦法，多付出一點。」釀兒走近，牽起吉羊的手，亮亮的眼睛迎向羊過：「你認識吉羊和如意這麼久，他們狠得下心活靈生煉嗎？」

7 長大了，挺好的

「一起找出不同的可能，不是很棒嗎？」小葉很喜歡護生山的生活，也知道平安這幾千年來的生活並不容易，他不曾被磨難擊倒，還一直為更多生命付出努力。她一邊安慰小石子，也一邊向羊過解釋：「平安和如意的想法，我們都能理解，就是想透過小石子研究一下。這孩子的一生很簡單，只依附著一個根本不屬於自己的綠怡姊姊，傻乎乎的作夢，從沒想過自己想要的是什麼樣的生活。瞧，他現在多想好好活啊！」

「真的！我們沒想過要犧牲小石子……」平安話沒說完，開明就跳出來問：「咦？綠怡姊姊！你從玉山來的？可以和我們分享一下，『小紅』和『小藍』過得還好嗎？」

羊過想起，小紅和小藍都是為了成全他的人間轉生，從瑤池聖境的紅衣仙子和藍衣仙子被貶為玉山戍衛，忍不住嘆一口氣。這世界上，並不是每一個選擇、每一次拼命付出的奮鬥和犧牲，都能通往好結局。平安和如意大概也是這樣吧？他鬆下緊繃的情緒，驚心動魄的氣壓散開，吉羊也跟著鬆了口氣，忍不住偷偷瞧向開明，不知道他只是像以前那樣，習慣無厘頭的熱情，還是真的長大成熟了，竟然也學會以問題答問題，像陸吾大總管那樣，提醒大家多角度思索。

「小紅師姊最喜歡巡山了！像隻頑皮的猴子，誰能想到她以前還是不苟言笑的紅衣仙子呢？」小葉沒發現這麼多「內心小劇場」，只笑著回顧：「就是小藍師姊很喜歡碎念，總督促著小紅師姊繼續修煉，千萬別荒廢了以前的修為。」就在大家閒聊起別後近況時，小石子拉住小葉說：「我們快回積石山吧！我想家了。」

「積石山？你不是來自綠衣谷嗎？」開明轉著九顆頭，輪流打量著小葉和小石子。小石子被看得心裡毛毛的，忍不住放開小葉，轉身遠遠騰飛後，才傳來最後的喊話：「小葉姊姊，我先回家了！」

「我也要回家了。」羊過一說，吉羊、如意搶著接話：「一起回去吧！我們也好想念白澤。」

「我也去，我要考考白澤，是不是還有新學問可以教我。」開明說完，釀兒輕聲問：「小葉和我，可以一起去嗎？」

「大家都一起來吧！」土螻領著大隊人馬，率先跨進白澤莊園，他大聲嚷：「快撤掉機關，出來迎接！我們這些老傢伙啊！沒幾個小朋友來說說話，那多寂寞啊？」

「就是啊！盛世太平，孤兒都變少了。」白澤接待著孩子們，看著慢慢變得空蕩的莊園笑：「現在啊！孩子們都長大了，不需要迷宮隔離，也不需要頭疼著管教，就剩幾個老傢伙互相探看，關心彼此好不好啊？是不是還活著？一起散散步，喝喝茶，一天就過囉！」

聽著白澤說話，羊過心裡流淌過一陣暖意，也刻著幾縷淡淡悲傷。白澤為了他，幽囚北海極冰，日裂夜凍，傷神又減壽，即使他每次回到家，都向白澤體內輸送大量靈力，仍然無從遏止他各種生理的衰頹。羊過兒時睡房窗外的黃菊樹，感應到了他的靈息，轉瞬盛開，花香一飄過來，他覺得特別依戀。小時候他總是睡不穩，耗神、疲倦，白澤就以女媧石埋進根土，為他種了這棵菊花樹，一路相依為命。他和菊花樹靈性互通，除了長期喝菊花茶溫養，後來又把依依的殘魂寄存在樹根下，才知道只要再找到女媧石，就有機會透過上古靈力，為依依重鑄魂胎。為此，他浪跡天涯，苦苦求索，此時卻又因為白澤的精力衰竭而放不下心。走？還是不走？讓他千百般為難。

醲兒善於讀心，很快接收到羊過的牽掛，在大家簇擁著白澤、圍坐在黃菊樹下時，刻意問起他：「菊花盛開時，花蒂不落地，一般神靈都喜歡汲取花魂修煉靈力，我卻特愛釀製菊花酒，酒行全身，更能避邪、長壽。不知道羊過大哥捨不捨得送我這一樹靈花，我來做幾罈菊花酒，再送給白澤爺爺品評一下？」

羊過大喜，忍不住回頭瞥了眼洋洋得意的吉羊。如意挑高了眉，一副「看到了吧？」的神情，趁機丟了句：「就這得意勁，你們好好瞧吧！真好笑，酒又不是他釀的！」

吉羊捏指，剛想彈出一縷勁力偷襲如意，一看到醲兒盯著他，只好作罷。羊過手一揮，憑空抓出一個玉簡遞給吉羊，如意一看，臉都

綠了——這玉簡不都碎成玉屑了嗎？羊過這壞心眼，什麼時候還原的？哎呀，他真懊惱，自己怎麼那麼快就關掉如意鏡？如此一疏忽，沒看到羊過還原玉簡，都來不及找藉口了。吉羊讀著如意像寫話本般，替他和釀兒編排的桃色泡泡，臉色愈來愈難看，直至看到「以羊過為標竿，知道自己百般不如，但又試著樣樣超越，這才表現得愈來愈好」時，再也忍不住了，一下子就和如意大打出手，直到白澤化出迷宮隔開兩兄弟，噙著笑嘆：「孩子大了，還是這麼不省心嗎？」

「好親切的迷宮啊！」羊過想起一路走來的童年逃亡，忍不住隨手又做了些變化：「讓他們追逐久一點吧。」

「新手法！」開明和欽原同時大叫起來：「快學起來。」

「孩子們都長大了！」土螻和白澤哈哈大笑，忍不住相互點了點頭：「挺好的，是不是？」

黃菊樹旁陸續長出來的幾棵小菊樹，在靈花盛開的笑聲裡，悄悄抽出新芽。釀兒很喜歡，分了植株回護生山，認真向羊過保證，無論尋找女媧石的路途有多遠，他都可以放心，她和吉羊會照顧白澤，不但會常常回來探望他，還會提供一整年都喝不完的「養壽菊花酒」。

小葉也分得了一棵吸收女媧石靈力的小植株，在回玉山前，先繞到積石山送給小石子，提醒他多和這棵小菊樹說話，靈息流竄，說不定就可以心意相通，這樣多好！像多了個永遠不會離開他的好朋友。小石子別過頭去，冷哼一聲，指尖一抹細細的靈息，直射向大楊柳樹，乾枯的枝條上立刻長出嫩芽，細細碎碎的，宛如喚醒了春天。他淡淡的說：「小葉姊姊，你別再擔心我了！瞧，我已經有了自己的樹、自己的家、自己的夢想。」

不知道又過了幾百年，小葉聽說，小石子開了間小店，白天賣饅頭、晚上教畫。他做的饅頭多半是各色花卉口味；他教的畫，畫裡總有個溫婉的女子。她知道，小石子的靈命比大家都長，誰也沒辦法好好照顧他，得信任他的選擇。她放下牽掛，回到最熟悉的生活軌跡，在綠衣谷繼續鑽研芥子村，沒事就待在烏柏樹墩上吹吹風，晒晒太陽，有時會遇到王母娘娘來憑弔烏柏婆婆。聊起小石子，小葉就笑著說：「以前啊！他沒有自己的生活，只等著綠怡姊姊，為她畫畫、做饅頭；現在啊，他確定綠怡姊姊不在了，純粹為了自己開心，還是在畫畫、做饅頭，日子也過得挺好的。」

「是啊，挺好的。」王母娘娘輕輕吁嘆，抬眼望向遠方，暖金色的河水翻湧著，每一顆水滴都閃著透亮的光，形成色彩斑斕的液態水晶，慢慢往上流，愈流愈高、愈流愈遠，直到隱隱消失在天際。薄暮靠近，微風輕輕，生命所有的故事，聚攏了又散去，像天際微光，匯入來自八荒九垓（ㄍㄞ）的靈氣，和所有往上流的金色河水合流，從透明的流動，厚實成璀璨的流光凝膠，盤旋在空中，慢慢、慢慢又流向天地山川，遠的山、近的樹，像接力似的，到處冒出新綠意。

她遞出手，攏住天地流金，慢慢接生出一棵新生的烏桕樹，並把接在細枝上、凹陷如心口的烏桕葉頭，拉長、拉穩，從此，烏桕樹葉不再是脆弱的心形，而是撐實成接近菱形的飽滿，只留下細細的葉尖，像每顆心最柔軟的角落。小葉一直守在這棵烏桕樹下，流光悠悠，腦子裡放進了好多人、好多事，又有好多人、好多事，都浮游在慢慢消失的天際。

大家慢慢懂得烏桕婆婆為什麼總喜歡坐在這樹下……但又好像愈來愈不懂，只知道，在安靜了幾千年的樹邊，悄悄的，抽出了一株又一株的嫩芽。

【附錄】

薄暮雷電，來讀《山海經》吧！

黃秋芳

《山海經》經過上千年的流傳，以獨有的「神怪圖鑑」與豐富的古代神話色彩，擄獲後世無數人的心，成為歷史上最重要的文學經典之一。而作者黃秋芳老師是如何將其中極為簡短的隻字片語，及超越現實的神怪形象，運用創作巧思，發展成縝密又龐大的奇幻小說世界觀呢？現在，就讓作者親自帶領我們解碼《山海經》，認識眾多充滿魅力的角色，開始一場想像力的創作之旅！

壹・王母和她的夥伴們

1. 《山海經・西山三經》，**玉山**：「**西王母**其狀如人，豹尾虎齒而善嘯，蓬髮戴勝，是司天之厲及五殘❶。有獸焉，其狀如犬而豹文，其角如牛，其名曰**狡**，其音如吠犬，見則其國大穰（ㄖㄤˊ）❷。有鳥焉，其狀如翟（ㄉㄧˊ）而赤，名曰**勝遇**，是食魚，其音如錄❸，見則其國大水。」

2.《山海經．西山三經》，**三危山**：「**三青鳥**居之。……其上有獸焉，其狀如牛，白身四角，其毫如披蓑，其名曰**傲㺜**，是食人。有鳥焉，一首而三身，其狀如䳋（ㄌㄨㄛˋ），其名曰**鴟**（ㄔ）。」

《山海經．大荒西經》：「有三青鳥，赤首黑目，一名曰**大鵹**，一名**少鵹**，一名曰**青鳥**。」

3.《山海經．西山三經》，**章莪山**：「有獸焉，其狀如赤豹，五尾一角，其音如擊石，其名如**猙**。有鳥焉，其狀如鶴，一足，赤文青質而白

---

❶「勝」，玉製首飾；「司」，執掌；「厲」，災厄；「五殘」，五種刑罰。

❷「穰」，五穀豐收。

❸「翟」，長尾野雉；「錄」，即「鹿」。

喙，名曰**畢方**，其鳴自叫也，見則其邑有譌ㄜˊ火❹。」

4.《山海經．北山一經》，**隄山**：「有獸焉，其狀如豹而文首，名曰**狕**。」

5.《山海經．西山一經》，**羭次山**：「有鳥焉，其狀如梟，人面而一足，曰**橐𩇯**，冬見夏蟄ㄓˊ，服之不畏雷。」

6.《山海經．西山三經》，**嬴母山**：「神**長乘**司之，是天之九德也。其神狀如人而豹尾。」

《山海經．西山三經》，**軒轅丘**：「無草木。洵水出焉，南流注於黑水，其中多丹粟，多青雄黃。」

《山海經．西山三經》，**積石山**：「其下有石門，河水冒以西流。是山也，萬物無不有焉。」

7.《山海經．中山八經》，**光山**：「其上多碧，其下多木。神**計蒙**處之，其狀人身而龍首，恆游於漳淵，出入必有飄風暴雨。」

玉山的西王母形貌像人，長著豹尾、虎齒，善於長嘯，蓬散的頭髮有首飾綰緊，掌管天災和刑罰。在《山海經》裡有不少以豹紋出名的神獸，和豹形的西王母在地域上由近而遠，最近的是出現時預告著豐收的牛角豹紋犬「狡」；遠一點、在章莪山的「猙」，像紅豹子，有五條尾巴、一支角，聲音石破天驚；隄山的「狕」住得更遠，帶著美麗的頭紋。

這三隻神獸都是王母的晚輩。接下來就是平輩好友：天神長乘定居於「玉山」隔壁的「嬴母山」，長有雪白豹尾，無紋，是王母的一生至交，可以一起回望往事；加上出現時常伴隨怪火的畢方、愛吃魚的勝遇、像白牛的四角獸傲𢓜，和一頭三身的鴟娘；還有來自遙遠光山的龍神計蒙，飄

---

❹「譌火」，怪火。

風暴雨……有這麼多來自不同背景、帶著獨特異能的精采角色相互撞擊，當然會翻演出無限動人的故事了。

根據《山海經》記載，西山山脈總計二十三座山，但從原典細數下來，崑崙以東七座、以西十四座，共二十二座。因為少了一座山，樂遊山西越四百里後的兩百里流沙，成為想像縫隙，可以自由創造填補。在《崑崙傳說》三部曲中，這片流沙成為山神扶生和相柳對決的籌碼，成為吉羊母神日以繼夜流下的眼淚，又成為羊過疊壘人間和哀慟轉生的大山，最後送給吉羊重新建設為護生山。

再過去是天神長乘的嬴母山，以及王母娘娘的玉山。接下來緊鄰草木不生的軒轅丘和萬物勃長的積石山，荒蕪和豐饒的強烈對照，是不是等同於龐大的詮釋創作庫？其中有種說法：黃帝打敗炎帝和蚩尤後，居住在軒轅丘；這場辛苦的戰役最後能得勝，都多虧於天女魃（ㄅㄚˊ）撐起最強大的戰鬥力，但也摧毀了附近的生機，所到之處草木不生。勝利後，黃帝娶嫘（ㄌㄟˊ）祖，遷居軒轅丘向西三百里的積石山，黃河穿過積石山下的石門，向西南流去，浮載靈法，自此萬物俱備。

《太初傳說》借用《山海經》寥寥幾句的積石煉水、以石門做分界，再延伸《崑崙傳說》的靈山十巫，重新鍛造故事，想像靠著上古神能集中最豐沛的源礦和靈石，想辦法在與世隔絕的靈域中，育養出全天下的萬物生靈，抽空「軒轅丘」靈力，做為「盛世太平」的警惕；「積石山」則在一長串生老病死的失落中，積石、壘願，生出無止盡的堅持和嘗試。

貳・崑崙集團

1.《山海經・西山三經》，**崑崙山**：「是實惟帝之下都，神**陸吾**司之。其神狀虎身而九尾，人面而虎爪；是神也，司天之九部及帝之囿（ㄧㄡˋ）時。有獸焉，其狀如羊而四角，名曰**土螻**，是食人。有鳥焉，其狀如蜂，大如鴛鴦，名曰**欽原**，蠚鳥獸則死，蠚木則枯❺。有鳥焉，其名曰**鶉鳥**❻，是司帝之百服。……有草焉，名曰**蕡草**，其狀如葵，其味如葱，食之已勞❼。」

2.《山海經．西山三經》，**槐江山**：「實惟帝之平圃，神**英招**司之，其狀馬身而人面，虎文而鳥翼，徇於四海，其音如榴。」

3.《山海經．西山三經》，**樂遊山**：「桃水出焉，西流注於稷澤，是多白玉。其中多**鮹魚**，其狀如蛇而四足，是食魚。」

4.《山海經．海內西經》，**崑崙之墟**：「面有九門，門有**開明獸**守之，百神之所在。」

5.《山海經．海內西經》，**開明六巫**：「開明東有**巫彭**、**巫抵**、**巫陽**、**巫履**、**巫凡**、**巫相**，夾窫窳之尸，皆操不死之藥以距之❽。**窫窳**者，蛇身人面，貳負臣所殺也。」

6.《山海經．海內西經》：「開明北有**視肉**、珠樹、文玉樹、玗琪樹、不死樹。……又有**離朱**、木禾、柏樹、甘水……」

《山海經．海外南經》，**狄山**：「爰有熊、羆、文虎、蜼、豹、**離朱**、**視肉**……」

7.《山海經．大荒西經》，**靈山十巫**：「有靈山，**巫咸**、**巫即**、**巫朌**、**巫彭**、**巫姑**、**巫真**、**巫禮**、**巫抵**、**巫謝**、**巫羅**十巫，從此升降，百藥爰在❾。」

8.《山海經．中山七經》，**姑媱山**：「帝女死焉，其名曰女尸，化為䔄草，其葉胥成，其華黃，其實如菟丘❿，服之媚於人。」

---

❺「蠚」，有毒腺的生物刺毒其他生物。

❻「鶉鳥」，鳳凰一類的神鳥。

❼「已勞」，消除憂愁。

❽「距」，祛除死氣，藉以復活。

❾「從此升降，百藥爰在」：這裡可以上天入地、時空穿錯，所有的靈藥都薈萃生長。

❿「其葉胥成，其華黃，其實如菟丘」：葉子重重疊疊，開黃花，果實像菟絲。

傳說解碼

崑崙山是天帝象徵、百神所在，靈物勝出，土螻、欽原、鶉鳥、離朱、木禾、鳳凰、青鸞、視肉、蓍草……還有從「靈山十巫」到「開明六巫」中重疊又迴異的神巫，神祕不可探測，有無限的故事等著發掘。

天神陸吾虎身九尾，開明九頭虎尾，根據漢墓刻畫，人面虎身的陸吾和開明，時見九尾或九首，頗有混淆的考證或論說，所以才留有餘地，開展出《崑崙傳說》的滴血成形。

槐江山的天神英招，和陸吾既是同事，也是好友，他們同樣一身虎紋，只是英招在駿馬身形外，還多出一雙翅膀，適合代天帝巡行天地，有很多恣意瀟灑的傳說，合理衍生出百花仙子和偷盜蓍草的故事。

參．神靈幻獸

1.《山海經．大荒北經》，**章尾山**：「西北海之外，赤水之北，有章尾山。有神，人面蛇身而赤，直目正乘，其瞑乃晦，其視乃明，不食，不寢，不息，風雨是謁。是燭九陰⓫，是謂**燭龍**。」

《山海經．海外北經》，**鍾山**：「鍾山之神，名曰**燭陰**，視為晝，瞑為夜，吹為冬，呼為夏，不飲，不食，不息，息為風，身長千里。……人面蛇身，赤色，居鍾山下。」

2.《山海經．西山三經》，**鍾山**：「其子曰**鼓**，其狀如人面而龍身，是與**欽䲹**殺**葆江**於崑崙之陽，帝乃戮之鍾山之東曰䍃崖。欽䲹化為大鶚（ㄜˋ），其狀如鵰而黑文白首，赤喙而虎爪，其音如晨鵠（ㄏㄨˊ），見則有大兵；

⓫「風雨是謁，是燭九陰」：「謁」，「噎」的假借字，指吞咽；「燭九陰」，照亮九重幽泉的陰暗。

鼓亦化為鵕(ㄐㄩㄣˋ)鳥，其狀如鴟，赤足而直喙，黃文而白首，其音如鵠，見即其邑大旱。」

3.《山海經．海內北經》：「**蜪犬**如犬，青，食人從首始。」

《山海經．海內北經》：「**窮奇**狀如虎，有翼，食人從首始，所食被髮，在蜪犬北。」

《山海經．海內北經》：「林氏國有珍獸，大若虎，五彩畢具，尾長於身，名曰**騶吾**，乘之日行千里。」

4.《山海經．大荒北經》：「**黃帝**乃令**應龍**攻之冀州之野。應龍畜水，**蚩尤**請風伯、雨師，縱大風雨。黃帝乃下天女曰**魃**。雨止，遂殺蚩尤。」

5.《山海經．海外北經》：「**共工**之臣曰**相柳**氏，九首，以食於九山。相柳之所抵，厥為澤溪。**禹**殺相柳，其血腥，不可以樹五穀種。」

6.《山海經．東山四經》，**太山**：「有獸焉，其狀如牛而白首，一目而蛇尾，其名曰**蜚**（ㄈㄟˋ），行水則竭，行草則死，見則天下大疫。」

7.《山海經．東山二經》，**䃌**（ㄧㄣ）**山**：「有鳥焉，其狀如鳧（ㄈㄨˊ）而鼠尾，善登木，其名曰**絜**（ㄐㄧㄝˊ）**鉤**，見則其國多疫。」

8.《山海經．中山十一經》，**樂馬山**：「有獸焉，其狀如彙，赤如丹火，其名曰**⿰犭戾**（ㄌㄧˋ），見則其國大疫。」

9.《山海經．中山十經》，**復州山**：「有鳥焉，其狀如鴞（ㄒㄧㄠ），而一足彘（ㄓˋ）尾，其名曰**跂**（ㄑㄧˊ）**踵**（ㄓㄨㄥˇ），見則其國大疫。」

10.《山海經．中山七經》，**少室山**：「休水出焉，而北流注於洛，其中多**鮷**（ㄊㄧˊ）**魚**，狀如盩（ㄓㄡ）蜼而長距，足白而對，食者無蠱疾，可以禦兵⑫。」

11.《山海經．東山一經》，**栒**（ㄒㄩㄣˊ）**狀山**：「其中多**箴**（ㄓㄣ）**魚**，狀如儵（ㄕㄨ），其喙如箴，

---

⑫「狀如盩蜼而長距，足白而對，食者無蠱疾，可以禦兵」：「盩蜼」，一種像長尾巴獼猴的怪獸；「距」，禽爪。指這種魚形狀像獼猴，卻長著雞爪子，白足趾對生，吃了牠的肉，不但能去除疑心病，不受妖邪蠱惑，還可以防禦戰亂。

食之無疫疾。」

12.《山海經．東山二經》，**葛山**：「澧（ㄌㄧˇ）水出焉，東流注於余澤，其中多**珠蟞（ㄅㄧㄝ）魚**，其狀如肺而有目，六足有珠，其味酸甘，食之無癘。」

13.《山海經．中山十一經》，**堇理山**：「有鳥焉，其狀如鵲，青身白喙，白目白尾，名曰**青耕**，可以禦疫，其鳴自叫。」

遠古神多半遠遊，只餘遠在大西北海外的燭龍，盤據赤水北岸．紅鱗身長達一千里，眼睛豎長，閉眼是黑夜、睜眼是白晝，以風雨為食，照耀幽冥，吹氣成冬、呼氣為夏，吞吐捲颾，時而在鍾山下。燭龍之子「鼓」和欽䲹的相交、抗爭，捲入遠古戰爭，成為集團拉鋸的象徵，相關故事曾在《崑崙傳說》中有所演繹。不過，閱讀總是留下很多縫隙，每一個讀者都能自行想像喔！

神能超級強大的還有蚩尤，死後魂魄不在，卻精神永存。再搭配九頭蛇「相柳」的神能傳說，相柳系出水神共工，能吞下九座山，所到之處盡成沼流，繼而衍生瘟疫，有蜚、絜鉤、㹢這些惡獸，還有蜪犬和窮奇等食人兇獸；不過相反的，天下也自然會出現鯑魚、箴魚、珠蟞魚和青耕鳥這些吉祥禽魚。接下來的故事，就交給鶉鳥、蕢草、鮹魚、珍獸騶吾和小山神，當然還會有造成禍亂的鰠（ㄙㄠ）魚和絮魮（ㄖㄨˊ ㄆㄧˊ），天地間萬般相生、相應，希望從不衰竭。

肆．玄花異樹

1.《山海經．海外南經》：「**三株樹**在厭火北，生赤水上，其為樹如柏，葉皆為珠。」

2.《山海經．大荒南經》，**宋山**：「有赤蛇，名曰**育蛇**。有木生山上，名曰**楓木**。楓木，蚩尤所棄其桎梏（ㄓˋ ㄍㄨˋ），是為楓木。」

3.《山海經．南山一經》，**招搖山**：「有草焉，其狀如韭而青華，其名曰**祝餘**，食之不飢；有木焉，其狀如穀[13]而黑理，其華四照，其名曰**迷穀**，佩之不迷。」

4.《山海經．南山三經》，**侖者山**：「有木焉，其狀如穀而赤理，其汗如漆，其味如飴，食者不飢，可以釋勞，其名曰**白䓘**，可以血玉。」

5.《山海經．海內北經》：「鬼國在**貳負**之尸北，為物人面而一目……」

上古時代，「祝餘」吃得飽、「迷穀」防迷途，「白䓘」和由鬼國延伸出來的「度朔山」，山上屈蟠三千里的大桃樹，都提供天地許多美好的饋贈。

移植至遙遠厭火國北方的三珠樹，晶瑩閃亮，成為孕養靈能的起點；一如宋山的育蛇，赤紅如初昇的至陽之氣，讓人無限神往。「宋」

這個字的字源，原是指廟宇建築裡種了樹，代表神靈所居，衍生出「居住」的意思；宋山上的楓木，卻是束縛蚩尤的桎梏，這才在故事裡賦予紅楓「熱血」、「深情」而「癡狂」的象徵。

⓭「穀」，構樹。

國家圖書館出版品預行編目（CIP）資料

太初傳說．3：薄暮雷電 / 黃秋芳作．-- 初版．--
新北市：字畝文化出版：遠足文化事業股份有
限公司發行，2023.12

204 面；14.8×21 公分
ISBN 978-626-7365-18-2(平裝)

863.59　　112016058

XBSY0064

太初傳說3：薄暮雷電

作　　者｜黃秋芳
封面繪圖｜葉羽桐

字畝文化創意有限公司
社長兼總編輯｜馮季眉
責任編輯｜戴鈺娟
主　　編｜許雅筑、鄭倖伃
編　　輯｜陳心方、李培如
美術設計｜蔚藍鯨

出版｜字畝文化／遠足文化事業股份有限公司
發行｜遠足文化事業股份有限公司（讀書共和國出版集團）
地址｜ 231 新北市新店區民權路 108-2 號 9 樓
電話｜（02）2218-1417　傳真｜（02）8667-1065
客服信箱｜ service@bookrep.com.tw
網路書店｜ www.bookrep.com.tw
團體訂購請洽業務部（02）2218-1417 分機 1124
法律顧問｜華洋法律事務所 蘇文生律師
印製｜通南彩色印刷股份有限公司

2023年12月　初版一刷
定價：330元　書號：XBSY0064　ISBN：978-626-7365-18-2
EISBN：9786267365342 (PDF)　9786267365335 (EPUB)